光文社文庫

神奈川宿 雷屋（いかずちや）

中島 要

光 文 社

目次

神奈川宿　雷屋（いかずちや）　5
解説　末國善己（すえくによしみ）　306

神奈川宿　雷屋（いかずちや）

一

「ああ、まったく嫌になっちまう。膝の痛みを取りたくて、箱根の湯に行ったのにさ。江戸へ帰る途中で足をくじいちまうなんて、本当についてないよ。ねぇ、あんただってそう思うだろう」

雷屋の女中のお実乃が二階の菊の間に足を踏み入れたとたん、客の老婆が聞こえよがしに嘆きだす。お実乃は夕餉の膳とお櫃を客の前に置いて顔を上げた。

見たところ歳は七十近いだろうか。寄る年波で顔や首はしわだらけだが、目鼻立ちは整っている。若い頃は相当の器量自慢だったに違いなく、鼠の地に白の毛万筋の着物がよく似合う。

せっかく粋にこしらえているのだから、自らの恥を吹聴しなければいいものを。お実乃は目の前の客を値踏みしながら、腹の中で呟いた。

年寄りの長話にいちいち付き合っていられない。とはいえ、客商売では邪険にするわけにもいかないと、愛想笑いを貼り付ける。

「それはお気の毒なことでございます」

「本当にさ。明日は江戸ってところでこんな目に遭うなんて。それもこれもこの辺りの道が悪いからだ」

道が悪いのは頻繁に行き来する馬や荷車のせいだろう。茶店の責任ではないが、お実乃は「あいすみません」と頭を下げる。すると、老婆の目つきがきつくなった。

「謝るくらいなら何とかしておくれ。客の足を止めたくて、わざとつまずきやすくしているんじゃなかろうね」

おとなしくしてやり過ごそうとしたのが悪かったらしい。難癖をつけられて「これはちょっと」と思ったとき、老婆の息子が止めに入った。

「おふくろ、若い女中に言いがかりはやめなって。東海道は天下の街道だ。特に神奈川台の茶屋は旅人なら必ず立ち寄る名所だぜ。そんなさもしい真似をするもんか」

ここに着くなり老婆から、「江戸で大工の棟梁をしている」と自慢された息子である。

その立場にふさわしい貫禄のある見た目をしており、相手が赤の他人なら、素直に引き下がってくれただろう。

しかし、実の母親は不満げに口を尖らせた。

「だって、今夜は川崎で宿を取り、明日の朝一番にお大師様で厄払いをするはずだったじゃないか。パッとしない神奈川の茶屋で一夜を過ごした挙句、明日はまっすぐ江戸へ戻るなんてあんまりだよ」

どうやら足の痛みより、思い通りにならないことが悔しいらしい。わがままな母親に息子が大きなため息をつく。

「この茶店のそばでつっころび、もう一歩も歩けないと泣き言を言ったのはおふくろじゃねぇか。江戸まで駕籠で戻るとなれば、駕籠かきに渡す酒代もかさむ。お大師様になんか寄っていられるか」

「なんかとは何だい。おまえがこうして生きていられるのも、疱瘡をわずらったときに愛宕下のお寺でお札をもらったおかげじゃないか。この罰当たりが」

「そんなことを言われったって、先立つものが足りねぇんだから」

「ふん、江戸っ子のくせに二言目には金、金と情けない。男なら年老いた母親のひとりくらい背負って連れていこうって気にならないのかい」

「あんまり無茶を言わねぇでくれ。若い頃ならいざ知らず、俺だってもう五十過ぎだぜ」

「言われなくても知っているよ。そもそもあんたが若ければ、こっちだって若いんだ。我が子の背なんぞ借りるもんかね」

「つたく、歳が増えると減らず口まで増えやがる」

「そりゃ、こっちの台詞(せりふ)だよ」

ポンポンと言い合うにつれ、互いの語気が強くなる。睨(にら)み合う親子に挟まれて、お実乃は顔を引きつらせた。

東海道は第三の宿場町、神奈川で茶店を営む雷屋は隠れて旅籠(はたご)もやっている。その始まりは先代主人、末五郎(すえごろう)の人助けだったそうだ。

慣れない土地を旅していると、思わぬ病や怪我(けが)を得たり、掏摸(すり)や追剝(おいはぎ)に路銀を奪われ、途方に暮れることがある。末五郎は身動きの取れない旅人をタダで茶店の二階に泊めてやっていた。

だが、三年前に代替わりした養子の仁八(じんぱち)は、そのやり方を引き継がなかった。「いまどき人助けなどしていたら、こっちのほうが干上がっちまう」と、ひとり一泊二百文(もん)の宿代を取るようになったのである。

神奈川は日本橋(にほんばし)からおよそ七里（約二十八キロ）、しかも雷屋は海を見下ろす高台にある。慣れない旅で歩き疲れた茶店の客に狙いをつけて「ここの二階に泊まれます」と耳打ちすれば、多少宿代が高くとも泊まりたがる者はいた。

裏の商いを始めてしばらくすると、雷屋に泊まるつもりで訪れる客が現れ始めた。予想外の成り行きに仁八は困惑したという。

――うちは泊まると言っても寝るだけで、飯盛り女や芸者は呼べない。料理は女房が作っているし、内風呂だってついていない。ないない尽くしで一泊二百文はどう考えても高いじゃないか。あたしなら泊まりたいとは思わないね。

それでも泊まりたがるには相応の――夜逃げや駆け落ちといった、人目につきたくないわけがある。仁八はそう察したものの、断るのももったいない。どうせ一晩でいなくなると泊めてやった。

結果、裏の商いは仁八の予想以上に繁盛し、人手が足りなくなって雇われたのがお実乃である。

――うちは茶店だが、おまえの仕事は二階の泊まり客の世話だ。わけありの客も多いから、くれぐれも目を離さないようにしておくれ。

十五で奉公を始めて三年、それなりに客の目利きはできるつもりでいたけれど、今夜は見誤ったようである。

怪我で泊まるというから、一番まともかと思いきや……いい歳さして人前で親子喧嘩をされちゃあ迷惑だべ。

話す言葉は直っても、腹の中の呟きはいまも生まれ育った戸部の言葉のままである。お実乃は愛想笑いを引っ込めて、さてどうしようと考えた。

雷屋の二階には客間が四つあり、階段に近いほうから菊の間、梅の間、竹の間、松の間と呼ばれている。いつもは突き当たりの松の間から膳を運んでいるけれど、厄介な客が泊まっているので今日は後回しにしてしまった。

最初の客間で手間取ると、せっかくのお菜が冷めてしまう。思い切って咳払いをしたところ、老婆は女中がいることを思い出してくれたらしい。ちらりとこちらに目を向けて、「だからさ」と声をひそめた。

「痛みもだいぶ落ち着いたし、明日はお大師様に寄っていこうよ」

「そんなことを言ったって」

「老い先短い母親の頼みを聞けないっていうのかい」

「ああ、わかった、わかった。まったく言い出したら聞かねぇんだから。ねえさん、熱いのを二、三本持ってきてくれ。飲まなきゃやってられねぇ」

「はい、ただいまお持ちいたします」

これ幸いと立ち上がり、お実乃は足早に階段を降りる。勢いよく台所に駆け込むと、包丁を握るお秀に声をかけた。

「菊の間に熱燗をお願いします」

「何本だい」

「とりあえず二本で。懐が厳しいみたいですよ」

「おや、江戸の大工の棟梁っていうから羽振りがいいと思ったのに。婆さんの様子はどうだった」

「足はともかく、口は人一倍達者でした」

早口で答えつつ、再び膳とお櫃を重ねて持った。

今夜は竹の間と松の間にも客がいる。お実乃は慎重に階段を昇り、松の間の前で声をかけた。

「夕餉の膳をお持ちしました」

「おう、入ってくれ」

ここには仇討ち道中をしているという二人連れの浪人が昨日から泊まっている。襖を開けると、助太刀の渋谷新十郎と目が合った。

「ああ、待ちかねた。今夜は鯵の刺身に芋の煮っ転がしか。うまそうだが、いささか彩りがさびしいな」

大柄な渋谷は四十がらみ、丸い顔に小さな目と団子鼻がついている。これで「腕に覚えがある」と言うのだから、人は見かけによらないものだ。ちなみに食い意地が張っているのは見かけ通りで、朝晩膳のお菜を見てはケチをつける。

「青物か卵焼きでもあれば、見た目ももっと華やかになる。ここは宿代が高いのだから、そのくらいの工夫をすべきだろう」

「叔父上、武士は出されたものを黙って食せばよいのです。食い物についてとやかく言うべきではありません」

仇討ちの主役、望月文吾(もちづきぶんご)がたまらず横から口を出す。渋谷とは反対に痩(や)せぎすで、大きな目がいつも落ち着きなく動いている。

この仇討ち浪人を見ると、お実乃はカマキリを思い出す。芝居では仇を討つ浪人を二枚目役者が演じるけれど、現実はそうもいかないようだ。

「そう堅いことを申すな。我らはいつ命を落とすかわからん。これが最後の夕餉になるかもしれんのだぞ」

「何と弱気な。それでは仇など討てませんぞ」

「勘違いするな。武士たる者、常に死と隣り合わせの覚悟が必要だと言っておるだけだ。

なあ、女中さん」

叔父と甥のやり取りから、いきなりこっちに話を振られる。

ただの女中に武士の覚悟などわからないし、わかりたくもない。お実乃はとぼけることにした。

「さすがに勇ましいですねぇ。ところで、お酒はどうします？」

渋谷の酒好きは昨夜のうちに判明している。少々強引に話をそらせば、団子鼻の浪人がたちまち破顔した。

「四本頼む。今日は冷えるから熱くしてくれ」

「はい、すぐにお持ちします」

お実乃は愛想よく答えて立ち上がり、廊下に出てから息を吐く。

昨日の昼過ぎ、望月たちは雷屋にやってきた。青木町の旅籠に草鞋を脱ごうとしたところ、そこの主人に雷屋を勧められたという。

――仇が神奈川にいるかもしれないなら、人目につかない雷屋に泊まったほうがいいと言われてな。父が無念の最期を迎えてより早十年、今度こそ仇を討ち果たすため、しばらく世話になる。

どうやら青木町の旅籠の主人にまんまと胡散臭い浪人を押し付けられたらしい。望月から話を聞いた仁八は、こわばった笑みを浮かべていた。

他の旅籠が断りたい客を言いくるめ、雷屋に押し付けるのはよくあることだ。こっちはいい迷惑だが、裏の商いを見逃してもらっている手前がある。仁八はとりあえず三日分の宿代を前払いさせ、襖の陰でお実乃に耳打ちした。

――くれぐれも用心するんだよ。久六にも言っておくが、いまどき仇討ちなんて出まかせに決まっている。

赤穂浪士の討ち入りから百六十年、いまや仇討ちが行われるのは舞台の上だけだろう。特にこの十年は世間を揺るがす災難が次から次に襲い掛かり、誰しも生きるだけで精一杯だったのだ。

まず黒船が押しかけてきて、対岸の横浜に港と異人の居留地ができた。また各地で未曽有の大地震が起こり、何万という人が死んだという。さらに異人が持ち込んだと言われる恐ろしい流行病のせいで多くの人が亡くなった。

この国はこれからどうなるのか。

明日の暮らしは大丈夫か。

誰もが不安にさいなまれて、いまを生きている。憎い仇は地震かコロリで死んでいるかもしれない。いまさら仇討ちどころではないだろう。

どうせ嘘をつくのなら、もっとそれらしい嘘をつけばいいべ。まあ、二人ともあんまり賢くなさそうだけんど。

お実乃の胸の内を知らず、望月は昨夜、大きな目をしばたたき古びた紙を差し出した。

――さっそくだが、これが仇の人相だ。この顔に見覚えはないか。

描かれていたのは、三十前後と思しき目鼻立ちのはっきりした男の顔だった。太い眉の下のぎょろりとした目がこちらを睨みつけている。一見、役者絵にでもありそうだが、残念ながら馬面だ。

もったいないと嘆息して、お実乃は仇の頬に目を留めた。

――これは黒子ですか。

右の頬に並んだ三つの黒い点を指させば、望月が無言で顎を引いた。

ひとつ、二つならともかく、黒子が三つも並んでいるのはめずらしい。仇捜しが本当なら、いい目印になっただろう。

望月家は代々大身旗本に仕え、望月文吾の父は十年前に配下の侍に斬られて命を落としたそうだ。斬った相手はそのまま出奔。以来、仇を追って叔父と共に諸国を回ってきたという。

お実乃が「なぜ神奈川に来たのか」と尋ねれば、横から渋谷が口を出した。

――三月ほど前に知り合いから「仇に似た男を神奈川で見かけた」と聞いたのだ。親の仇と追われているなら、三月も同じところに留まっていないだろう。その答えに眉をひそめると、渋谷はこれ見よがしに嘆いてみせる。

――父親が酒の席で斬られたとき、文吾は元服して一年足らず。わしは文吾の母である実の姉に頼まれて、助太刀をすることになった。しかし、仇を討ち果たす前に、姉は安政の大地震で亡くなった。見事本懐を遂げなくては、姉夫婦の眠る墓に手を合わせることもできん。我らはどのような手掛かりも無駄にはできんのだ。

さももっともらしく語られるほど、望月たちへの疑いは増していく。お実乃は一晩考えて、二人の正体に見当をつけた。

この二人はきっと攘夷派の浪人に違いねぇ。渋谷様は腕に覚えがあると言っていたし、カマキリみたいな望月様はその甥だ。それなりに強いんだべ。

そうでもなければ、金のなさそうな浪人が雷屋に居続けなんてするものか。客間から海の向こうの開港場を見下ろして、異人を斬る企てを練るつもりに違いない。

くわばらくわばらと小声で唱え、お実乃は階段を降りていく。今度はお秀に熱燗を四本頼み、また膳を重ねて竹の間へ向かった。

「お待たせしてすみません。夕餉を持ってまいりました」

「……どうぞ」

妙な間のあとで返事があり、お実乃は静かに襖を開ける。客の男女が揃ってこっちを向いたので、持参の膳とお櫃を差し出す。

「冷めないうちに召し上がってくださいまし。お酒はお持ちいたしますか」

「いえ、結構です」

「では、お茶をお持ちします」

こういう雰囲気の男女の部屋は早く退散したほうがいい。しかし、お実乃は気になって、襖を閉める前に二人をもう一度盗み見た。

男は歳の頃なら二十三、四くらい、渋谷とは正反対の苦み走ったいい男だ。連れの女は自分と同じか、少し若いくらいだろう。平凡な顔立ちで地味な着物を着ているが、高そうな簪(かんざし)を挿している。仁八が宿帳をつける際、男は「兄妹だ」と名乗っていた。

だが、二人の見た目に似ているところはひとつもない。それに本物の兄妹なら、もっと安くてまっとうな旅籠に泊まるに決まっている。

この二人はきっと駆け落ち者に違いない。江戸で所帯を持とうと言い出したのは、果たしてどちらだったのか。

余計なことを考えながら襖をそっと閉めようとして、

「お花、どうかしたのかい」

男が発した言葉に驚き、お実乃は伏せていた顔を上げ——色男に睨まれた。

「まだ何か」

女は黙ったまま不安そうにこっちを見る。慌てて作り笑いを浮かべると、何度も首を横に振った。

「いえ、何でもありません。失礼します」

お実乃は今度こそ襖を閉め、竹の間を後にした。

あの冴えねぇ娘がねえちゃんと同じ名前だなんて……。「お花」はありふれてるから、偽りの名かもしんねぇけどさ。

思わぬ不意打ちに、胸騒ぎが止まらない。お実乃は何度か大きく息を吸って吐いて、落ち着いたところで台所に戻る。松の間と菊の間には熱燗とお茶の支度を届け、最後に竹の間に行った。

「あら、箸が進んでいませんね。よかったら、お茶を淹れますか」

男はそれなりに食べ散らかしているけれど、女はほとんど食べていない。気を利かせたつもりで申し出れば、男にそっけなく断られた。

「いえ、こちらでいたします」

盆ごと湯呑や急須を受け取ると、男は火鉢の上の鉄瓶に手を伸ばす。女はそれをもの憂げな表情で眺めていた。

女はきっと大店（おおだな）の娘で、自らお茶など淹れないのだろう。しげしげと二人を見つめていれば、男が迷惑そうに言う。

「もう下がって結構です」

あからさまに見すぎたかと、お実乃は慌てて腰を上げる。女のことが気になるが、これ以上はいられない。

「あ、はい。何かご用があれば、お呼びください」

二人きりになってから、どんなやり取りが交わされるのか。相惚（あいぼ）れならばいいけれど、二人の見た目は釣り合わない。後ろ髪を引かれる思いで台所に戻ってみれば、お秀が夕餉を食べていた。

「何だい、浮かない顔をして。客の様子がおかしいのかい」

恐らく、お秀が気にしているのは松の間の浪人者だろう。だが、お実乃が気にしているのは別の部屋だ。

「お内儀（かみ）さん、竹の間の兄妹をどう思います？　あたしは駆け落ちじゃねぇかと思うんだが」

他の人の目にはどう映るのか。奉公人の問いかけにお秀は描いた眉を撥(は)ね上げた。

「どうしてそう思うのさ」

「兄妹というわりにちっとも似てねぇもの」

「義理の兄妹なら、顔が似ていなくともおかしくないだろう」

「だとしても、兄が妹にお茶なんて淹れないでしょう」

たったいま見てきたことを口にすれば、お秀は味噌汁椀を置く。そして、いかにもどうでもよさそうに「そうだろうね」とうなずいた。

「だけど、そんなのはいまに始まったことじゃない。それよりお実乃、また訛(なま)っているじゃないか」

「す、すみませんっ」

うっかりぼろを出してしまい、お実乃は両手で口を押さえる。

奉公して三年、落ち着いてしゃべれば大丈夫だが、何かに気を取られたり、夢中になってしゃべると訛ってしまう。

気まずい思いでお秀を見れば、大きなため息をつかれてしまった。

「客の前ではくれぐれも気を付けとくれ。あと、竹の間の客に余計な手出しは無用だからね。どうせ明日にはいなくなるんだ」

言い返せばまた訛りそうで、お実乃は口を開けない。お秀は膳に残っていた漬物を口に放り込む。

「そんなことより、松の間のほうに気を配っておくれ。あの連中、母屋まで押しかけて大旦那にも人相書を見せたんだよ。客の正体なんてどうでもいいから、早く出ていって欲しいもんだ」

わけありの客が雷屋に居続けることはめったにない。菊の間も竹の間も明日の早朝出立するが、松の間はいつまでいるかわからない。

「ほら、あんたも早く食べちまいな。いつ二階の客に呼ばれるかわかりゃしないよ」

言われてお実乃はうなずくものの、竹の間の男女のことが頭から離れない。明日出ていくとわかっているからなおさらだ。

あの男が大店のお嬢さんさ甘い言葉で誑かし、家から大金を持ち出させて駆け落ちしていたとすりゃあ……江戸に着いたとたん、捨てられるかもしんねぇな。

考えすぎかもしれないが、ありえないとも言い切れない。そわそわと二階をうかがえば、「お実乃」とお秀に睨まれた。

「竹の間の客は男も女も幼子というわけじゃない。自ら望んで逃げてきたなら、どうなろうとも身から出た錆ってもんだ。出会ったばかりの赤の他人が差し出がましい真似をしなさんな」

頭ではそうわかっていても、気持ちのほうが納得しない。男女のことで傷つくのは決まって女のほうなのだから。

たとえ偽りの名であろうと、姉と同じ名の人に不幸になってほしくない。先走ったことを考えれば、お秀の顔が険しくなる。

「あんたも聞き分けが悪いね。竹の間の客に余計なちょっかいを出したら、問答無用で暇を出すよ」

「お内儀さん、それはあんまりです」

たまらず抗議の声を上げると、お秀はふんと鼻を鳴らした。

「言い訳は聞かないよ。そもそもあんたは人の見た目にこだわりすぎるのさ。傍目（はため）には不釣り合いでも、仲のいい夫婦はそこら中にいるじゃないか」

「そりゃそうですけど」

「あたしだって亭主と駆け落ちしたクチだけど、こうやって人並みに暮らしている。あんたは他人の心配よりも自分の心配をするんだね」

「えぇっ」

思いがけない打ち明け話にお実乃は目を丸くする。お秀と仁八が夫婦養子であることは知っていたが、駆け落ちだったとは知らなかった。

「あたしと亭主は小田原の同じ旅籠で働いていたんだよ。親の借金を返すために飯盛り女にさせられそうになったんで、亭主と一緒に逃げ出したんだ」

奉公人同士の色恋はご法度のはずだが、あの仁八にそんな男気があったとは――お実乃は感心して身を乗り出す。

「お内儀さんは旦那さんのどこがよかったんですか」

失礼な言い草だが、お秀は背が高くてスラリとしている。顔立ちもきりっとしているし、ずんぐりむっくりの仁八にはもったいないと思っていた。

興味もあらわに尋ねたところ、お秀は不敵な笑みを浮かべる。

「あたしに心底惚れているところに決まっているじゃないか。女ひとりで逃げるのは物騒だからね」

「……それじゃ、お内儀さんは旦那さんに惚れていなかったんですか」

その言い方では、仁八の恋心に付け込んだように聞こえてしまう。お実乃が呆れて聞き返せば、相手はぺろりと舌を出した。

「いまはちゃんと惚れているからいいじゃないか。一緒にいれば、それなりにほだされるものさ」

そして、駆け落ちした二人は江戸に向かい、神奈川まで来たところでお秀の具合が悪くなった。路銀も尽きて行き倒れかけていたところを末五郎に助けられたそうだ。

「本当に大旦那には足を向けて寝れないよ」

お秀がしみじみ呟くのも当然だろう。うまい具合に元からいた奉公人が暇を取ったあとで、二人はそのまま雷屋に住み込んで働くことになった。さらに、その働きぶりを認められて夫婦養子になり、一年も経たないうちに身代を譲られたのだ。

お実乃がじっと見つめれば、お秀が照れくさそうに身じろぎした。

「この話はもうおしまいだよ。さっさと夕餉を食べちまいな」

「はい」

竹の間の「お花」は気になるものの、自分の立場を危うくしてまでちょっかいを出すことはない。お実乃は気持ちを切り替えて、自分の味噌汁と飯をよそった。

奉公人の膳に鯵の刺身は載っていないが、味噌汁と煮っ転がしはある。お実乃が箸を取ろうとしたとき、男の悲鳴じみた声がした。

二階で何が起きたのか。

お実乃は階段に目を向け、お秀は忌々(いまいま)しげに舌打ちする。

「どの部屋の客だか知らないが、何てぇ声を出すんだろうね。お実乃、二階の様子を見ておいで」

命じられれば否やはない。「はい」と答えて立ち上がった。

竹の間の男が娘に手を出したんだべか。

だとしたら、お花さんを助けてやらねぇと。

急いで二階に駆け上がれば、菊の間から棟梁が飛び出してきた。危うくぶつかりそうになり、お実乃は壁際に身を寄せる。

「お、お客さん、何があったんです」

「医者だ、医者を呼んでくれっ」

「おっかさんが転んで怪我でもしましたか」

「そんなんじゃねぇっ。夕餉を食べ終えたら、いきなり具合が悪くなった」

むきになって訴えられたが、にわかに信じられなかった。さっき夕餉を運んだときはあれほど元気だったのだ。

半信半疑で部屋をのぞけば、吐物まみれの老婆が横たわっていた。しかも身体は震えていて、喉からは変な音がする。

これはもう助からないのでは……。変わり果てた姿に怯え、お実乃はその場に立ちすくむ。苛立った息子が足踏みした。

「何をぼんやりしていやがる。早く医者を呼んできやがれっ」

「は、はいっ」

鬼の剣幕で一喝されて今度は階段を駆け下りる。自分の夕餉がちらりと頭をかすめたものの、いまは我慢するしかない。お秀に事情を告げて表に出れば、一月晦日(みそか)の夜空に多くの星が瞬(またた)いていた。

神奈川の海も夜の闇に塗り込められている。お実乃は海から吹きつける風の強さに震えながら、提灯(ちょうちん)を揺らして急な坂道を急ぐ。本道医(ほんどうい)、河井良純(かわいりょうじゅん)の住まいは坂を下りきった先にあった。

「良純先生、雷屋のお実乃です。急病人が出たのでお願いします」

引き戸を開ける間ももどかしく、お実乃は大声で用向きを告げる。すぐに奥から返事があった。

「何じゃ、騒がしい」

仏頂面(ぶっちょうづら)の医者に病人の様子を伝えれば、すぐ薬箱を抱えて飛び出してくれた。しかし、急な坂を上るうちに足の運びが遅くなる。

「先生、もっと急いでください」

「わしは、もう六十じゃ。十八の、おまえに、合わせ、られるか」

切れ切れに文句を言いつつも、良純はお実乃に手を引かれるまま懸命に先を急いでくれた。台所の勝手口から店の中に飛び込めば、お秀と下男の久六が階段の下で二階の様子をうかがっているのが見えた。

お秀はお実乃たちに気が付くと、つらそうに首を左右に振る。

「先生、夜分にお呼び立てしてすみません。せっかく来ていただきましたが、一足遅かったようです」

では、あのやかましい老婆は死んだのか。お実乃は急に足がふらつき、土間に膝をつきそうになった。

夕餉の前はあんなに元気だったのに、命とは呆気(あっけ)ないものだ。倅(せがれ)と言い争っていた老婆の姿が頭に浮かび、亡くなったと言われても信じられない。そこへ男の罵(のの)り声が聞こえてきた。

「この人殺しめっ。おふくろはここの料理にあたったんだ。神奈川奉行所に訴えてやる」

「お客さん、言いがかりはおやめください。うちの料理のせいなら、おまえさんや他のお客も死んでいるはずでしょう。そうやって大声を出せることが手前どもに何の咎(とが)もない証(あかし)です。不謹慎かもしれないが、元気な年寄りほど前触れもなくぽっくり逝(い)ってしまうものですよ」

「うるせぇっ、うちのおふくろは七十二になっても病知らずで、百まで生きると言われていたんだ。念願だった箱根の湯につかって寿命だってさらに延びたに違いねぇ。その帰り道で死んでたまるか」

どうやら、母を亡くした棟梁が仁八に詰め寄っているらしい。お実乃は知らず眉を寄せた。

赤の他人の自分だって突然の死にとまどっている。実の倅ならなおさらだろうが、八つ当たりは迷惑だ。

いい歳をしてみっともねぇ。それでよく棟梁だなんて威張ってられるな。

こっそり陰口を叩いている間に、履物を脱いだ良純が勝手に二階に上がっていく。お実乃も慌てて後を追った。

「まったく、茶屋の二階なんぞに泊まるんじゃなかったぜ。足をくじいた年寄りを歩かせたら気の毒だなんて、親切ごかしを言いやがって。おい、うちのおふくろに何の恨みがあった」

「親切ごかしだなんて人聞きの悪い。手前とお客様方とは今日が初対面でございます。恨みも何もございません」

「だったら、どうしておふくろを殺しやがった」

お実乃と良純が菊の間に足を踏み入れても、二人は言い合いを続けている。それどころか、互いの声はどんどん大きくなっていく。

物騒なやり取りは他の泊まり客にも筒抜けだろう。それ以上に気がかりなのは、息絶えた老婆がそのままにされていることだった。

事情はどうあれ、亡くなった人は生き返らない。何はさておき、亡骸(なきがら)を清めてやるべきではないか。

母親がそれほど大事なら、どうして汚れたままにしておくんだべ。旦那さんもそう言ってやればいいのに。これだから男は役に立たねぇ。

そう声に出そうとしたとき、良純が前に出た。

「二人とも、ここはわしに任せてみぬか。止まった心(しん)の臓(ぞう)を動かすことはできないが、亡骸を診(み)れば、何ゆえ亡くなったかわかるだろう」

「先生、よくぞ来てくださいました。こちらのお客様の言いがかりをどうか晴らしてくださいまし」

地獄で仏に会ったとばかりに、仁八は良純にすり寄る。怒りに囚(とら)われた棟梁も慈姑頭(くわいあたま)の医者を見て渋々納得したらしい。お実乃は亡骸を清めるために、ひとり静かに菊の間を出た。

「では、夕餉を食べたあと、にわかに苦しみ出したと？」

「ああ、そうだ。食べたものをすべて吐き戻し、手足を激しく震わせて……何が何だかわからないうちに死んじまった。こいつはどう考えても、ここで出された夕餉のせいに違いねぇ」

水の入った桶を手に菊の間に戻ってみれば、棟梁が母親の死に様を良純に訴えているところだった。お実乃が桶を差し出すと、良純は手ぬぐいを濡らして亡骸の口元を拭いてやる。それから身体のあちこちを注意深く触れた。

「ふむ、おまえさんの母親は本当に病知らずだったか」

「ああ、ガキの頃から三日続けて寝込んでいるのを見たことがねぇ」

「では、我慢強い人だったのだな」

「何だって」

「かなり心の臓が弱っておったはずだ。歳を考えれば無理もないが」

医者の口から出た言葉が予想外だったのだろう。息子は目がこぼれ落ちそうなほど見開いた。

「そ、そんなはずはねぇ。この旅の間だっておふくろはぴんしゃんしていた」

「ならば、なぜここに泊まった。母親の具合が悪くなったからではないのか」

「具合が悪いったって、おふくろは足を痛めただけだ。左足を見てくれ」

亡骸の細い足には湿布が貼ってある。着物の裾をまくった医者は納得したようにうなずいた。

「心の臓の病では、めまいや立ち眩みを起こすことが多い。この人が足を痛めたのはそのせいではないか」

言い返せば言い返すほど、老婆が病で亡くなったことにされてしまう。棟梁は声を荒らげた。

「藪医者がいい加減なことを言うんじゃねぇっ。さてはここの主人に金でももらっていやがるな」

「これはまた心外な。ここの料理のせいだというなら、どうしておぬしは生きておる。それとも年老いた母親だけ毒を盛られたとでも言うつもりか」

「それは……」

「人を殺してお縄になれば、十中八九死罪になる。それほどの危険を冒しても、おぬしの母を殺したいという者に心当たりがあるというのか」

相手の怒りに動じることなく、良純は言葉を続ける。お実乃は仁八と共に医者と客のやり取りをハラハラしながら見つめていた。

「人の死はいつも突然訪れる。おぬしの母親は自慢の孝行息子に看取られて、長く苦しむことなく往生したのだ。人の死に方としては上等なほうだとわしは思う」

さりげなく持ち上げられ、棟梁はこらえきれなくなったらしい。目から涙が、口からは嗚咽がこぼれる。仁八はその機を逃さず棟梁を階下へ連れていき、入れ違いにお秀がやってきて亡骸の着物を脱がせ始めた。

お実乃も手伝おうとしたら、「ここはいいよ」と断られる。

「あんたは久六を捕まえて『正源寺へ行け』と言っとくれ。和尚さんに枕経をあげてもらわないと」

「だったら、あたしが行ってきます。そのほうが手っ取り早いから」

雷屋の通いの奉公人はすべて暮れ六ツ（午後六時）までに帰ってしまう。五ツ（午後八時）を過ぎて残っているのは、住み込みの久六とお実乃だけだ。お秀は「一度も遣いに出すのはかわいそうだ」と気遣ってくれたのだろう。

だが、久六は五十八で腰の重い怠け者だ。いまも騒ぎを聞いていたって二階に上がってこようとしない。寺への遣いを頼んだところで、嫌がるのは目に見えている。

そんなお実乃の考えを良純も後押ししてくれた。

「なら、わしが寺まで送ってやろう」

「先生、遠回りになりますよ」

「構わん。提灯持ちは若い娘のほうがいいからな」

「……七軒町の正源寺に行く途中、異人のいる本覚寺の前を通るじゃありませんか。異人が悪さをしないように幕府の役人が見張っているようですけど、暗くなってから若い娘が近づくのはねぇ」

横浜に港ができた当初、本覚寺やその周りの寺は領事館と呼ばれ、異国の役人が住み着いた。その後、領事館は横浜の外国人居留地に引っ越したが、本覚寺にはまだアメリカの役人が居座っていると聞く。

「異人は日本の女に目がないんでしょう？　お実乃は器量よしとは言えないけれど、今夜は月もないことだし」

暗くて顔が見えないから余計危ないと言いたいのか。お実乃が口を尖らせると、良純が勢いよく噴き出した。

「おいおい、本覚寺の周りに詰めている侍は異人を見張っているんじゃない。攘夷派の連中から異人を守っているのさ」

「えっ」

「何でそこまでしてやるんです」

勝手に日本に押しかけてきて居座っている連中を、どうしてこの国の役人が守ってやらねばならないのか。

お秀とお実乃が不満をあらわにしたところ、良純の表情が暗くなった。

「異人が日本人に殺されれば、異国にこの国を攻める口実を与えてしまう。異人憎しの攘夷派はそこのところがわかっておらん。異国に本気で攻められれば、この国はおしまいだというのに」

重いため息をついてから、良純は去年の五月に高輪の東禅寺が襲撃されたときのことを語り出した。

「水戸の脱藩浪士は赤穂浪士よろしく泉岳寺を詣でたのちに、エゲレスの仮公使館だった東禅寺を襲ったそうだ。迎え討つ警護の武士は百五十名もいたというが、すさまじい斬り合いになったらしい。その甲斐あって異人は手傷を負っただけですんだのに、幕府は目の玉が飛び出るような償い金をエゲレスに巻き上げられたと聞く」

「命がけで守ってやって、金まで取られるんですか」

「治安を守れない幕府が悪いということだろう」

「ふん、こっちが頼んだわけでもないのに勝手なことを言ってるよ。命が惜しけりゃ、国に帰ればいいじゃないか。そんな話を聞かされたら、なおさらお実乃はやれません。闇夜に紛れて攘夷派の連中が斬り込んでくるかもしれないんでしょう」

お秀がイライラと吐き捨てれば、医者は困ったように苦笑した。

「やれやれ、お秀さんは心配性じゃ。ならば、お実乃はどうしたい。久六に行ってもらいたいか」

いままでの話を聞いていれば、自ら行きたいと思うはずがない。

だが、自分の嫌なことを他人に押し付けるのは、お実乃のもっとも嫌うところだ。迷った末に覚悟を決め、良純と共に雷屋を出た。

「それにしても亡くなった年寄りは気の毒だった。何事もなければ、明日には江戸に戻れただろうに」

ゆっくり坂道を下りながら、良純がひとりごちる。「気の毒なのはこっちです」と、お実乃はむっつり言い返す。

「菊の間の年寄りが亡くなったせいで、あたしは二度もこの坂を行き来する羽目になったんです。それなのに、倅からは感謝どころか言いがかりまでつけられて。これぞ踏んだり蹴ったりですよ」

「そう言うな。生老病死は時と所を選ばぬものだ」

「それはそうかもしれませんけど」

やっぱりあたしが一番の貧乏くじだと、お実乃は口を尖らせた。

物見遊山で遠出をする町人が増えたとはいえ、旅はいまでも命がけだ。檀那寺が出す往来手形には「死んでも本国への連絡は不要、その土地のやり方で葬ってもらいたい」という覚悟の一文が入っている。

七十二の老婆が旅をすれば、どこで亡くなっても不思議はない。寒空の下を歩いていたら寿命だって尽きるだろう。

年寄りは年寄りらしく家でじっとしていりゃいいものを。下手に出歩くから、周りに迷惑をかけるんだ。

足音も荒く歩いていたら、後ろから「お実乃」と声がした。

「病人は食べた夕餉を吐き戻し、ひきつけを起こしていたのだな」

「はい。あたしが雷屋を出る前はそんな感じでした」

「それから半刻もしないうちに息を引き取ったか」

「はい」

「いまさらだが、今晩のお菜は何だった」

「鯵の刺身に芋の煮っ転がし、大根のぬか漬けです」

素直に答えているものの、お実乃は内心むっとしていた。棟梁には病のせいだと言っておいて、本音はお秀の料理を疑っているのか。

「二階の客にはみな同じ料理を出しています。お内儀さんの料理が悪いなら、他のお客も死ぬか、具合が悪くなるはずです」

振り返って睨みつければ、お実乃の持つ提灯に照らされた顔が苦笑していた。

「暗がりで怖い顔をするな。わしの考えすぎならそれでいい」

「考えすぎって、菊の間の年寄りは心の臓が弱って亡くなったんでしょう」

「ふん、人が何で死んだかなんぞ、実のところはよくわからん。なに、七十過ぎまで生きていれば、いつ死んだって構わんだろう」

「そんないい加減な」

「大半の人間はもっと早くあの世に旅立つのだ。世にはばかるのもほどほどにしてもらわんとな」

良純がそう言ったとき、侍らしい鋭い声が飛んできた。

「何だ、おまえたちは」

いつの間にか本覚寺のそばまで来ていたようだ。お実乃が身をすくませると、良純も足を止めた。

「お役目ご苦労様です。手前どもはこの先の正源寺に行くところです」

慈姑頭の医者が丁寧に答えると、侍はこちらを睨んだまま「さっさと行け」と顎をしゃくった。

それから間もなく目指す正源寺が見えてきた。お実乃は山門をくぐったところで医者に提灯を手渡した。庫裏に灯りが見えるから、住職はいるに違いない。

「先生、ありがとうございました」

「……ああ、和尚によろしくな」

良純は一瞬ためらうようなそぶりを見せたものの、いま来た道を戻っていく。

お実乃はひとり庫裏に向かって歩き出した。

二

旅人が旅籠を発つ時刻はさまざまだ。

前の晩に羽目を外したり、物見遊山が目当てであれば、日が高くなってから宿を出ることも少なくない。

しかし、雷屋の泊まり客はたいてい日の出と共に発つ。お実乃は七ツ（午前四時）の鐘で目を覚まし、お秀と朝餉の支度をしていた。

「世話になったね」

「道中お気を付けて」

二月四日の明け六ツ（午前六時）、お実乃は泊まり客を明るい笑顔で送り出した。

つい先日、「人はいつ死ぬかわからない」と思い知らされたおかげで、口先だけだった挨拶（あいさつ）に心がこもるようになった。

そういえば、あの日竹の間にいたお花さんはいまごろどうしてんだべ。連れの色男とうまくいったんだろか。

ふと頭の隅をかすめた思いは次の瞬間消えていた。雷屋には日々わけありの客が訪れる。目の前にいない客のことをいつまでも気にしていられない。

その後、お実乃は台所で朝飼を摂（と）り、裏に回って洗濯をする。茶店の床几（しょうぎ）の埃（ほこり）を払ってから土間を掃き、主人夫婦と隠居が住む母屋の掃除に取り掛かる。茶店の二階はいつも後回しだ。

松の間の望月たちはいまも雷屋に泊まっている。この辺りの茶店を渡り歩き、茶汲（ちゃく）み女に仇の人相書を見せて回っているらしい。お実乃が奉公してから、六日も続けて泊まる客は初めてだった。

茶店ばかり回っているんじゃや、仇を捜しているのか、茶汲み女に言い寄っているのか、わかりゃしねぇ。けど、攘夷派の浪人にしちゃ、それらしい動きがねぇもんな。

誰もいないのをいいことにひとりぶつぶつごちながら、お実乃は箒(ほうき)で開け放った客間の畳を掃く。

真実親の仇を捜しているなら、ご苦労なことだと思ったとき、往来からにぎやかな声が聞こえてきた。

「まだ日も高いことですし、どうぞ一休みしてくださいな。雷屋からの眺めは錦絵のようでございます」

「ここは天下に知られた台の茶屋、一服せずに通り過ぎたら物笑いの種、旅の恥になりますよ」

「そちらのお人は足が痛いんじゃありませんか。うちの草鞋は丈夫な上に歩きやすいと評判です。履き替えてお行きなさい」

宿場の茶屋はあくまで一服するところだ。草鞋を脱いで座敷に上がるのではなく、土間に並べた床几に腰を下ろしてお茶を飲み、小腹を満たす。

この辺りはそういう茶屋が軒を連ねており、雷屋では器量自慢の茶汲み女が道行く旅人に声をかける。廓(くるわ)の張り見世(みせ)さながらの呼び込みに、目じりを下げた旅人が次々に引っかかった。

「姐さん、歳はいくつだい」

「この店はべっぴん揃いだな」

「海より姐さんを眺めていたいや」

いかにも鼻の下を伸ばしていそうな男たちの声もする。ちゃっかりしている茶汲み女は、適当なうれしがらせを口にしてはしっかり心づけを巻き上げていた。

上方と江戸を結ぶ東海道は、大店の主人やその跡取りも頻繁に行き来する。茶汲み女の中にはそういう男をたらし込み、玉の輿に乗った者もいるという。男と女のはしゃぐ声を聞きながら、お実乃は箒を使う手を止めた。

釣り合わぬは不縁の元。

うまいこと玉の輿に乗れたって、嫁ぎ先で幸せになれるとは限らねぇ。

色の褪せない小判と違い、女の容色は色褪せる。金持ちに言い寄る女は山ほどいるから、見た目が衰えれば離縁されるかもしれない。金持ちに嫁いだところで一生安泰とは言えないのだ。

もっとも、そんなことを口にすれば、「醜女の負け惜しみ」と笑われる。お実乃の顔のつくりは悪くないが、前歯が少々目立つのだ。

下の歯よりもほんのちょっと前に出ているだけであっても、歯並びは化粧でごまかせない。歯並び自慢の茶汲みたちはその欠点を嘲(あざけ)った。

――その歯じゃ茶汲み女になれないわね。

――出っ歯の鼠じゃ客なんて呼べないもの。いっそ猫でも呼んでみたら。

――山桜が姥桜(うばざくら)にならないように気を付けな。

桜は花が散って葉が出るが、山桜は散る前に葉が出る。つまり、花(鼻)より先に葉(歯)が出るので、山桜は「出っ歯」を指す。

そっちこそ化粧でごまかしたまがい物じゃんか。髪だってかもじを入れて膨らませてるって知ってんぞ。

面と向かって見下されるたび、お実乃は腹の中で言い返す。四つ上の姉のお花は、まがい物が束になってもかなわない本物の美人だったから。

切れ長の目は黒目がちで、鼻筋は通り、小鼻は小さい。やや厚ぼったい唇は男を誘うおちょぼ口だ。うりざね顔に富士額、折れそうに細いうなじは女の目にも色っぽかった。豊かな黒髪はまとめるのに苦労するほどで、肌には染みひとつない。これほど見た目がよかったら、普通はうぬぼれて嫌な女になるだろう。

しかし、姉は気立てもすこぶるよく、器量の劣る妹を見下したりしなかった。近所の悪ガキがお実乃の見た目を貶(おとし)めれば、いつもは穏やかな姉が怒って言い返してくれた。お実乃はお実乃で、姉に言い寄る村の男たちを蹴散らしていたものだ。

会えなくなってもう三年……ねえちゃんはどうしてんだべ。

心の中で呟いて、お実乃は開け放った障子の向こうに目を向けた。今日はいい天気で、はるか房総まで見渡せる。

手前に見える洲干弁天社(しゅうかんべんてんしゃ)の杜(もり)は三年前より小さくなった。青い海にはいつものように黒船が何隻(せき)も浮かんでいる。長く突き出した波止場に停まっている船は、どこの国のものだろう。

雷屋で奉公を始めてから毎日海の向こうを眺めているが、その景色は刻々と姿を変えている。

もっとも、お実乃は眺めるだけで、開港場に足を運んだことはない。久六の話だと手前が日本人の住むところ、波止場より奥が異人の居留地になっているとか。波止場のそばには運上所(うんじょうしょ)という役所があって、太田屋新田(おおたやしんでん)の脇に港崎遊廓(みよざきゆうかく)がある。

港崎はよろず異国風のしつらえで、吉原(よしわら)や品川(しながわ)に飽きた江戸の金持ちまで船で遊びに来るという。

わざわざ女を買いに横浜まで来るなんて。

世の中には金と暇を持て余した助兵衛が大勢いるんだな。

ああ嫌だとかぶりを振り、お実乃は客間の掃除を再開した。

茶店の雷屋が一番混みあうのは、昼前から八ツ（午後二時）過ぎの間である。お実乃はいつも四ツ（午前十時）の鐘が鳴る前に昼餉を食べ、客であふれる店の手伝いをする。忙しさが落ち着くと、お秀に声をかけられた。

「お実乃、この煮豆を大旦那のところへ持ってっとくれ」

「はい」

お実乃は煮豆の小鉢を盆に載せ、母屋の一番端にある隠居部屋へ運んだ。

母屋は街道に面する店とちょうど直角に建てられていて、短い渡り廊下でつながっている。裸足のまま行き来ができるので、お実乃は重宝していたのだが、

「おい、いいものを見せてやるからこっちに来な」

渡り廊下の途中で、厠から出てきた久六に手招きされた。

「久さんがこっちに来てよ。あたしは履物がないんだから」

「ちぇっ、仕方がねぇ」

派手に舌打ちした久六はお実乃のそばに近寄ると、懐から瓦版を取り出した。お実乃はそれに目もくれず、下男の顔をじっと見る。

「今度は何があったの」

「また攘夷派浪士の異人斬りだと。先月晦日の夜に居留地の異人が襲われたと、この瓦版に書いてあらぁ」

「何だ、そんなこと」

横浜の出来事は気になるものの、異人のことならどうでもいい。たちまち興味をなくしたお実乃に久六が眉を撥ね上げた。

「何だとは何だ。せっかく教えてやったのに。横浜で何かあったら教えてくれと、おめぇが俺に言ったんだぜ」

「はいはい、どうもありがとう。そういえば、旦那さんがさっきから久さんを捜していたよ」

どうせまた仕事を怠けて瓦版売りを追いかけていたに違いない。久六が慌てて去っていくと、お実乃も足を速めた。

「ご隠居さん、煮豆をお持ちしました」

「ああ、お実乃か。ちょうど小腹が空いたところだ。お茶を淹れてくれ」

「はい」

愛想よく答えたものの、お実乃は末五郎の頭から目が離せない。細くて白いチョン髷(まげ)がこれでもかと光っているからだ。

鬢付けのにおいをぷんぷんさせて……また廻り髪結いを呼んだのか。金と暇のある年寄りは無駄遣いばかりしてもったいねぇ。

お実乃は内心呆れながら、急須と茶筒に手を伸ばした。

養子に身代を譲った末五郎の愉しみは、甘いものと白髪頭を結い直すことらしい。三日にあげず髪結いを呼び、残り少ない白髪を結わせる。そんなことをしていたら、いまある白髪もすべてなくなってしまうだろうに。

足の悪いご隠居さんはどこにも出かけねぇんだもの。人前に出ないなら、見た目なんてどうでもいいべ。それでも髷が結いたいなら、あたしが結ってやるのにさ。

玄人はだしとは言わないが、手先の器用さには自信がある。戸部にいたときは父の髪はもちろん、母や姉の髪も結っていた。

しかし、「金がもったいないから、あたしが結います」とは言い出しにくい。そのせいで、末五郎に会うたびに頭を見つめてしまう。

「ご隠居さん、どうぞ」

お実乃がお茶を差し出すと、末五郎が思わせぶりな笑みを浮かべた。

「お実乃はなかなか目が高い。今日は髷の形がいつもよりきれいにできただろう」

「はあ、そうですね」

どうやら頭ばかり見ていることを相手は知っていたようだ。こっちは鬢付けの使いすぎだと思っただけで、形がいいとは思っていない。

だが、本人が満足しているなら、それが一番いいのだろう。

「若い頃は人より髪が多かったのに、こんなに薄くなるとはなぁ。鬢を薄くしたくて毛を抜いたこともあるけれど、毛を増やすことはできなくてね」

末五郎は茶をすすり、宙を睨んでため息をつく。その切なげな表情にお実乃は目を丸くした。

「あら、そんなことをなさっていたんですか」

見た目を気にするのは女に限った話ではない。とはいえ、目の前の年寄りまで若い頃にはそんなことをしていたのか。

ご隠居さんは背が低いし、口がすぼまっているせいであたしよりずっと鼠顔だ。髪の形をいじったところで見栄えが良くなるとは思えねぇが。

そんな思いが顔に出たのか、末五郎はにやりと笑った。

「こんなじじいにも若い頃があったんだぜ」

「あら、ご隠居さんはいまもお若いですよ」

三年も奉公していれば、このくらいの世辞はすぐ出てくる。末五郎はカラカラと笑い、お秀の作った煮豆をつまんだ。

「そんなことを言ってくれるのは、お秀とお実乃くらいだな」

「そりゃ、ご隠居さんが出歩かないからですよ。いくらか暖かくなりましたし、少し外出なさってはいかがですか」

近頃は少し春めいて、梅の花も咲き始めた。せっかく髪を整えたのならちょうどいいと思ったが、

「そうだな、足の具合がよければ」

軽く流されてしまい、お実乃はがっかりした。

頭の毛こそ薄くなった末五郎だが、腰は曲がっていないし、頭だって耄碌していない。お実乃が「もっと出歩いたほうがいい」と折に触れて勧めても、末五郎は隠居部屋の前にある枝ぶりの悪い松の木を眺め、ぼんやり時を過ごしている。

百姓育ちのお実乃は隣近所の年寄りが衰えていく様子をこの目で見てきた。部屋にこもってばかりいると気鬱になるし、ますます足腰が弱ってしまう。

ご隠居さんがここまで外に出ないのは、旦那さんに遠慮しているからだ。

そうだ、そうに違いねぇ。

お実乃が奉公を始めたのは仁八が跡を継いでからだが、人づてに話を聞く限り、末五郎は店の儲けを減らしても、困った人に施していたらしい。自分が下手に出歩けば、考え方の違う養子の邪魔になると案じているのだろう。

この雷屋は末五郎が一代で築いた店だ。好き勝手をしたところで咎める者はいないのに、養子に遠慮してしまうのがいかにも隠居らしかった。

髪結いはそんなご隠居さんの数少ない贅沢だもの。奉公人の分際でもったいねぇと思うほうが間違ってんのかもしれねぇな。

胸の中で反省したとき、「ところで」と末五郎が切り出した。

「松の間の浪人はまだ泊まっているんだろう。このまま置いておいて大丈夫か」

声音が真剣なものに変わり、「そら来た」とお実乃は身構える。

はっきり口にこそ出さないが、末五郎は養子のやっている裏の商いを嫌っている。お実乃の顔を見るたびに、二階の客について知りたがる。

先月晦日に老婆が死んだときだって、根掘り葉掘りうるさかった。仁八から詳しいことを聞かされているはずなのに。

旦那さんがすべて正直に話しているとは限らねぇ。両方の顔色をうかがうこっちはまあ、大変だ。

仁八が伏せていることをペラペラしゃべってしまったら、あとの祟り(たた)が恐ろしい。だが、進んで嘘をつくのも気が引ける。

客商売でいくらか面の皮が厚くなったものの、お実乃は根っから嘘が苦手だ。死んだ老婆については「寄る年波で亡くなったと河井先生が診立てた。連れの息子も納得し、骨を抱いて江戸に戻った」と説明した。

――急なことだったので、いい歳の息子さんがしばらく取り乱していましたけど。何しろ七十二だったそうですから。

――そうか。旅の途中で親を亡くすとは気の毒なことだ。

ポツリと呟いた末五郎はつらそうに顔を歪(ゆが)めた。代替わりしていなければ、棟梁は宿代を払わずにすんだだろう。

情け深いのはいいことだけど、いまはこんなご時世だ。旦那さんの言う通り、人助けばつかりしちゃいられねぇ。泊まり客から金を取るから、お実乃は雷屋で奉公ができる。元のやり方に戻されたら、暇を出されてしまいかねない。

己の仕事を守るため、お実乃は末五郎に微笑(ほほえ)みかけた。

「望月様たちは特に問題ありません。最初は攘夷派の浪士かと疑いましたが、どうやら違うようですし」

見た目が胡散臭いわりに、望月たちの行いは規則正しい。他の客が出立してから雷屋を出て仇を捜し、夕餉の前に戻ってくる。毎晩酒は飲むけれど、夜に出歩くこともない。また怪しげな浪人が訪ねてくることもなかった。

「先月晦日の異人斬りも夜だったたって話です。本物の攘夷派浪士なら、夜中に出歩くはずでしょう」

「では、本当に仇を追っているのか」

「最初は眉唾だと思っていたんですけどね。ご隠居さんも仇の人相書をご覧になったんでしょう？」

お実乃の問いに末五郎はうなずく。その顔はなぜかつらそうだ。

「十年も経てば、仇の人相だって変わるはずです。知り合いが神奈川で見かけたって話ですけど、当てになるかどうか……。仇討ちが本当だったとしても、さっさと諦めたほうがいいですよ」

「あいにく、それができないのが武士なのだろう」

情け深い末五郎は自分の考えにうなずいてくれるとばかり思っていた。まさかの返事に驚いて、お実乃はとっさに聞き返す。

「それじゃ仇討ちが本当なら、ご隠居さんはこれから先も仇を捜し続けるべきだとおっしゃいますか」

「いい悪いではない。一度始めてしまったことは最後までやるしかないということだ。そういうことなら、松の間の二人はまだしばらくいそうだな」

そう呟く末五郎の顔はいつになく険しい。お実乃は何だか居づらくなって、逃げるように部屋を出た。

店に戻って帳場の前を通りかかると、主人の仁八が呼び止める。

「お実乃、大旦那の様子はどうだ」

こう聞かれるのもいつものことだが、お実乃はそのつど慎重に答えている。藪をつついて蛇を出せば、自分が困ったことになる。

「髷の形が気に入ったようで、上機嫌でした」

「そうか」

ここで話を終えれば簡単だが、それはさすがに気が咎める。お実乃は「けど」と付け加えた。

「けど、何だ」

「松の間の客のことを気にしておいでです。この先も居続けるかもしれないと心配しておられました」

かいつまんでその他のことも伝えれば、仁八に舌打ちされた。

「おまえも気が利かないな。松の間のことなんて言わなければいいものを」

「ですが、ご隠居さんがお尋ねになったので」

「だとしても、もっとうまくごまかせるだろう」

ごまかしたらごまかしたで、後で末五郎に責められる。お実乃が「すみません」と頭を下げれば、仁八は唸（うな）るように言った。

「そろそろ松の間の浪人に出ていってもらうか」

「おとなしく出ていってくれますかねぇ」

お実乃が気のない声を出すと、仁八は片眉を撥ね上げた。

「出ていくに決まっているじゃないか。あの人相書によく似た男を横浜で見かけたと教えてやればいい」

「えっ、それは本当ですか」

では、知り合いが神奈川で見かけたというのは本当だったのか。驚いて目を見開くと、食えない主人は声をひそめた。

「嘘に決まっているだろう。だが、そう言えば向こうは出ていかざるを得ない。こっちは肩の荷が下りるというわけだ」

なるほどとうなずきつつも、お実乃は少々後ろめたい。望月たちが本当に仇を追っているのなら、質の悪い嘘である。

「そんなことをしていいんでしょうか」

「いいに決まっているじゃないか。嘘も方便というだろう。何より、向こうだって嘘をついているかもしれない」

困ったお実乃が目をそらすと、仁八が不満げに鼻を鳴らした。

「青木町の市兵衛さんの手前、これまで黙っていたけどね。あの二人がうちに泊まって今日で六日になる。宿代は三日分しかもらっていないから、残金が千二百文。毎晩の酒代も合わせれば、およそ二千文の勘定だ。あの二人の懐にそれ以上の金があると思うか」

二人の身なりを見る限り、払えるかどうか怪しいところだろう。

もっとも、雷屋の宿代は相場より高いから、払ってもらえなくとも損はしまい。そんな奉公人の胸算用をよそに、仁八はひとり話を続ける。

「いまの横浜は神奈川よりも人の出入りがはるかに激しい。似たような男のひとりくらいいるはずだよ」

「それはそうかもしれませんが」

「とにかく、あたしはそう決めた。二人が戻り次第話をするから、おまえは余計な真似をするんじゃないよ」

強く釘を刺されれば、奉公人の返す言葉はひとつだけだ。そのとき、下男の久六の声がした。

「いらっしゃいまし。お三人様でございますか」

「ああ、そうだ」

時刻は八ツ半（午後三時）にもなっていないのに、もう二階の客が来たらしい。

慌てて帳場から飛び出せば、久六のそばに二人の侍と遊び人風の色男が立っている。お実乃は作り笑いを浮かべ、すばやく手をついて頭を下げた。

「いらっしゃいまし。ここのことはどなたにお聞きになりましたか」

わけあり客は慣れっことはいえ、この三人はいかにも怪しい。出会い頭に探りを入れれば、年かさの侍が目をつり上げた。

「そんなことはどうでもよかろう。よもや名のある料理屋のように、『一見（いちげん）の客はお断り』とでも抜かすつもりか」

脅すように言い返されて、お実乃は思わず息を呑む。首と手を一緒に横に振り、言い訳しながら階段を昇った。

「う、うちは近頃人気なもので、お気に障ったのなら申し訳ございません。お部屋はこちらでございます」

ひとまず、松の間から一番遠い階段脇の菊の間に案内する。さりげなく障子を開けながら三人の客を盗み見た。

お実乃を脅した侍は歳の頃なら四十過ぎの仁王のような強面である。身体つきもたくましく、渋谷よりはるかに強そうだ。もうひとりの侍は二十歳そこそこの若者で、生真面目そうな顔をしている。

ただひとりの町人は人形じみた色男だった。小銀杏髷に粋な鰹縞の着物を着た姿は役者絵を切り抜いたようである。ひとりで往来を歩いていたら、さぞかし女が群がってくるだろう。

男嫌いのお実乃でさえ思わず着物の襟を直したが、仁王のような侍が目の端に映ったおかげで頭が冷えた。

侍のおっかねぇ様子からして、役人に追われる悪党一味じゃねぇのかな。宿検めを恐れてここに来たのかもしれねぇ。

疑いの目で再び見れば、強面の侍は平気で人を殺しそうだ。色男は女から金を巻き上げていそうだし、真面目そうな若い侍だってどことなく人目を気にしている。三人の本性を見極めるべく、お実乃は笑って切り出した。

「お客さん方はこれからどちらへ」

「我らは仇を捜して神奈川に来た。しばらくここで厄介になる」

言うに事欠いて、今度もまた仇討ちか。

まったく侍はどいつもこいつも同じことを――眉間にしわが寄りそうになり、急いで客から顔をそむける。そのとき、若い侍が開け放った障子の向こうを見ていることに気が付いた。

菊の間は階段の音がうるさいものの、部屋から見える眺めは一番いい。お実乃もここから見下ろす海と開港場の眺めが気に入っているけれど、この侍はいかにも不機嫌そうである。何が気に入らないのかと、お実乃も障子の向こうを見た。

青い空にはちぎれた綿のような白い雲が浮かび、青い海には白い波が立っている。弁天社の杜は松の緑で覆われていて、ゴツゴツとした姥ケ岩が海の中から突き出している。開港場の渡舟場には、舟がちょうど着いたらしい。そのすぐそばの波止場では、黒船に荷が積まれている。船のてっぺんで翻っている旗は、アメリカか、それともエゲレスか。

この景色の一体何が気に入らねぇんだか。

お実乃は知らず眉を寄せ、すぐに「そうか」と気が付いた。

この三人こそ本物の攘夷派浪士に違いない。町人姿が交ざっているのは、素性をごまかすためだろう。

黒船と開港場を睨んでいるのはそのせいだ。取り締まりの厳しい横浜より、神奈川に潜むことにしたんだべ。

先月晦日も居留地の異人が襲われたと、久六が言っていたではないか。この三人が異人を襲った一味ということも考えられる。

お実乃は大きく息を吸い、笑みを浮かべて向き直った。

「あたしは実乃と申します。仇を捜しておいででしたら、何か手掛かりはございますか。こういうところで奉公しておりますから、毎日いろんな人を目にしております。人捜しならお手伝いできるかもしれません」

化けの皮を剝がすためなら、多少の危険もやむを得ない。怯えを隠して申し出れば、強面の侍が眉をひそめる。

ひょっとして、まずいことを言っただろうか。お実乃が身を硬くすると、相手はおもむろに人相書を差し出した。

「それはかたじけない。拙者は権藤伝助と申す。この顔に見覚えはないか」

仇討ちを騙るために、あらかじめ用意していたらしい。古びた紙には目つきの悪い男が描かれていた。馬面で彫りが深いため、望月の仇と少し似ている。

けど、この男は右の頬に黒子がひとつしかねぇもんな。

お実乃がじっと見つめていると、権藤が期待に満ちた声を出す。

「どうだ、心当たりはあるか」

「あいにく見覚えがありません。この男は誰を殺したんです」

「十年前、この新田二三郎の父を殺して姿を消した」

「それからずっと仇を捜しているんですか。お父上が亡くなったとき、こちら様はまだ子供でしょう」

望月は元服した直後に父が殺されたと言っていたが、二三郎は望月よりもさらに若い。見た目は二十歳くらいだから、父親が斬られたときは十歳かそこらのはずである。

さりげなく異を唱えれば、当の二三郎が慌てたようにかぶりを振った。

「いや、十年前から仇を捜しているわけではない」

「二三郎は元服するとすぐ、父の仇を討ちたいと剣の師の拙者に申し出た。以来、三人で旅を続けている」

「では、こちらの方は」

残るひとりに目を向けると、いきなり裏声が返ってきた。

「ちょっと、そんな目で見ないでちょうだい。あたしは旦那に拾ってもらった恩を返したくて一緒にいるの」

いかにも女にもてそうな男の口から女言葉が飛び出してくる。驚きのあまり、お実乃の顎がだらりと下がり、権藤が横目で連れを睨んだ。

「希一、そのしゃべり方をどうにかしろと言っただろう」

「あら、あたしは十八まで陰間をしていたんだもの。いくら旦那のお言葉でも、そう簡単に変えられるもんじゃありません」

陰間と「旦那」ということは……希一と権藤はそういう仲ということか。

男といえども情人連れで弟子の助太刀、いや攘夷を唱えるのはいかがなものか。若い侍が不機嫌になるのも無理はないと、お実乃は咎めるような目を向ける。権藤がうろたえた様子で首を振った。

「おい、勘違いするな。拙者と希一はそのような仲ではないぞ」

かつて売れっ子陰間だった希一は十六から急に背が伸びて、客がつかなくなったそうだ。無駄飯食いはいらないと十八になってすぐ陰間茶屋を追い出され、路頭に迷っていたところを権藤に拾われたとか。

「それから間もなく二三郎に助太刀を頼まれて、希一には江戸に残ってひとりで暮らせと言ったのだが」

「そんなことできませんよ。あたしはこれでも旦那に感謝してんですから。それにひとりで暮らしたら、女が押しかけてくるじゃありませんか」

希一は権藤に言われて男らしい身なりをするようになったとたん、今度は女たちに追いかけられるようになったらしい。これ見よがしに身震いする色男の姿を見て、お実乃は首をかしげた。

「別に押しかけられたって、女を追い払うのは簡単でしょう。力はお客さんのほうがあるんですから」

「ふん、力がない分、悪知恵を働かせるのが女なのさ。金で雇った用心棒を連れてきた金持ちの娘もいたくらいだ」

「あらまあ」

「何とか穏便に帰したが、十日後に親が来て『おまえのせいで娘がおかしくなった。責任を取って一緒になれ』なんて言い出したこともあるんだよ。あのときだって旦那が話をつけてくれたんだから」

それが本当なら「権藤に恩を返す」というより、「離れて暮らすのが怖い」のだろう。

横目で面倒見のいい侍の様子をうかがえば、なぜか居心地が悪そうにしきりと顎をこすっていた。

「そんな女ばかりじゃないって言われても、あたしは男より女が嫌いなの。言い寄ったって無駄だから、あんたも妙な気を起こさないでちょうだい」

希一は胸の前で腕を組み、ふんぞり返って断言する。

わざわざ断りを入れなくたって、いまの姿を見れば妙な気も失せる。顔のいい男はうぬぼれが強くて始末が悪い。お実乃は顔を引きつらせ、「わかりました」と返事をしたが、三人の正体はよくわからなくなってしまった。

言葉遣いはそう簡単に身につかないし、改まらない。お実乃自身、口から出る言葉はすっかり改めたつもりでも、ときどきお秀に「訛ってるよ」と叱られる。茶汲み女の中には、お実乃の訛りを真似して笑いものにするやつまでいる。

希一の言葉遣いやしぐさは堂に入っていて、付け焼刃とは思えない。衆道は武士に多いらしいが、卑しい陰間上がりを攘夷派浪士に迎え入れたりするだろうか。

権藤様の言うように、本当に仇討ち道中なの？

だとしたら、新田様はどうして開港場を睨んでいたんだべ。

考えれば考えるほど、わけがわからなくなってくる。お実乃は「ごゆっくり」と頭を下げ、逃げるように部屋を出た。それから帳場に行って、仁八に洗いざらい話した。

「今度は仇を捜す浪人二人と陰間上がりの町人か。もうちょっとまともな客に来てもらいたいね」

忌々しげに吐き捨てる仁八の気持ちはわかるけれど、まともな客は二百文も出して茶店の二階に泊まるまい。

「お実乃はどう思う。三人は本当のことを言っていると思ったか」

「あたしは怪しいと思います。陰間上がりの町人を連れて仇を捜すなんておかしいじゃありませんか」

「確かにな」

「でも、陰間上がりが攘夷に加わるのもおかしい気がして。旦那さん、どうしましょう」

仁八に判断をゆだねたところ、力強くうなずかれた。

「よし、あたしがこの目で見定めてやろう」

表情を引き締めた店の主人は宿帳を手に立ち上がる。お実乃が帳場の隅で仁八を待っていると、思いのほか早く青い顔で戻ってきた。

「旦那さん、何かあったんですか」

不安を覚えて尋ねれば、仁八はぶっきらぼうに答えた。

「菊の間の客は大丈夫だ。しばらく泊まるようだから、くれぐれも余計なちょっかいを出すんじゃないよ」

その顔色も声の調子も明らかに大丈夫ではなさそうだ。しかし、そそくさと帳場に座った仁八は「油を売っていないで、早く仕事に戻らないか」と言ったきり、無言で帳面をめくっている。

ここは下手に食い下がらないほうがよさそうである。足音を忍ばせて台所へ向かうと、お秀に声をかけられた。

「お実乃、ちょうどよかった。茶店をのぞいて泊まりそうな客がいるか見ておいで」

時刻はちょうど七ツ（午後四時）になる。

これからどんなに急いだところで、戸塚にたどり着く前に日が暮れてしまう。隣の保土ケ谷なら間に合うかもしれないが、明くる日は東海道でも指折りの難所である権太坂の上りから旅を始めることになる。

ここは無理せず、雷屋の二階に泊まったらいかがですか――お実乃はそう勧めるために、客の減った茶店をのぞいた。

年寄りや具合の悪そうな客、ぐずる子供は見当たらない。今日はおけらだと思いながら、一応お千代に声をかける。

「泊まりそうな客はいますか」

「そんなの見ればわかるだろう」

不機嫌もあらわに言い放たれて、お実乃はすぐに退散した。

二十四のお千代は雷屋の茶汲みの中でも一、二を争う古株だ。目じりの上がった狐顔で、しぐさがいちいち色っぽい。

しかし、女は色っぽさより若さがもてはやされたりする。茶汲み女は二十歳前の新参者が好まれた。お千代は茶汲み女のまとめ役ということになっているが、客からの心づけが少なくなって何かと肩身が狭いらしい。

心づけが少なくなれば、着物や帯、櫛簪を頻繁に替えたりできなくなる。いまだってお千代とお実乃をチラチラ見ながら、こそこそささやき合っている茶汲み女がいるくらいだ。長く勤めた奉公人が邪険にされるなんて罰当たりだ。茶汲みたちに何と言われても、あたしは女中でよかったべ。

お実乃は台所に戻り、お秀に伝えた。

「二階に泊まりそうな客はいませんでした。今夜は松の間の二人と菊の間の三人になりそうです」

「だったら、客は五人だね」

お秀はひとりごちると、さっそく夕餉の支度を始める。お実乃は再び台所を出て、母屋のそばに干してある洗濯物を取り込んだ。

山側に沈もうとしている夕日が辺りを赤く染めている。神奈川は海ばかり有名だが、山側も捨てたものではない。

もっとも、二月の日差しは暖かさが足りなかったらしい。乾き切らない寝巻の袖は湿った潮の香りがした。洗濯物を片付けると、お実乃は急いで台所に戻った。

「お内儀さん、手伝います」

「それじゃ味噌汁に入れる根深を刻んどくれ」

「はい」

二階の客と末五郎や主人夫婦に出すお菜、さらにお実乃と久六が食べるお菜はそれぞれ違う。だが、味噌汁と煮物は一緒なので大鍋でまとめて作っている。お実乃は洗った根深をはすに切り出した。

まだ青物が少ないこの時期は根深のちょっとした緑が彩りになる。前に渋谷が彩りがどうのと言っていたが、望月たちは仁八から話を聞いただろうか。

旦那さんは菊の間に行ってからどうも様子がおかしいし……一体何があったんだべ。

考え事をしていても包丁を握った手は勝手に動く。調子よく刻み続けていたら、お秀の鋭い声が飛んだ。

「お実乃、そんなに刻んでどうするのさ」

「す、すみません」

とっさに謝ってからまな板を見れば、はすに切った根深の山ができていた。お秀は怒った顔のままそれをすべて鍋に入れ、手早く味噌を溶いていく。最後に竈の火を消すと、振り返ってもう一度お実乃を叱った。

「刃物を使っているときにぼんやりしなさんな。あんたに怪我でもされたら、あたしが困るんだよ」

茶汲み女は台所や二階の仕事を手伝わない。お実乃は再び「すみません」と頭を下げ、おずおずと切り出した。

「新しく仇討ちの侍が来たので、気になって」

「ああ、菊の間の客だろう。あの部屋に泊まるのは疫病神ばっかりだ」

「疫病神って……お内儀さんはあの三人の正体を知っているんですか」

お秀のいかにも嫌そうな様子からして、仁八に何か聞かされているに違いない。お実乃はすかさず尋ねたが、相手の口は堅かった。

「あんたは気にしなくていい。ほら、お菜を盛る器を並べとくれ」

すぐに話を変えられて、お実乃はかすかに眉を寄せる。

二階の客の相手は自分の仕事である。菊の間の客の正体がわかっているなら、教えてくれてもいいではないか。

お実乃は不満を呑み込んで夕餉の器を並べ、松の間へ膳を運んだ。

「お待たせしました」

「おお、今晩は鰯（いわし）の煮つけと田楽（でんがく）か」

食事のたびに一言ある渋谷のことだ。今晩もまた余計なことを言うかと思いきや、意外にも居住まいを正してこっちを見た。

「実はここの主人から、仇によく似た男を横浜で見たと教えられてな。明朝ここを発つことにした」

「そうですか」

「お実乃さんにはいろいろ世話になった。礼を言う」

渋谷に続いてカマキリ似の望月も頭を下げる。

しかし、こっちはその話が仁八の嘘だと知っている。お実乃は目をそらして返事をした。

「あの、無事本懐を遂げられますようお祈りしています」

「かたじけない」

「いえ……お酒はどうしましょう」

「大事の前に酒など飲んでいられるものか。雷屋に泊まって本当によかった。青木町の旅籠の主人にも感謝しよう」

　ここに泊まっている間、渋谷は晩酌を欠かさなかった。本当にいいのかと望月を見れば、こっちも大きくうなずいた。

「明日は日の出前に発ちましょう」

　意気込む二人を見ていられず、お実乃はそそくさと部屋を出る。次いで菊の間に膳を運んだ。

「お待たせしました。お酒はどうしましょう」

「そうだな。とりあえず熱燗を一本くれ。猪口(ちょく)はひとつでいい」

　いかにも酒を飲みそうなのに、銚子一本だけなのか。拍子抜けしたお実乃の前で、希一が目をつり上げる。

「旦那、それはないでしょう。ちょいと、あたしの分も頼んだよ」

「そちらのお客さんは」

「いや、わたしは結構だ」

　そっけなく告げる顔はひどく忌々しげだった。

　そして、熱燗を一本と猪口を二つ運び、松の間にはお茶の支度を届けた。そして、階下(した)

に降りようとしたら、

「お替りを頼む」

いくらも経っていないのに、権藤がお実乃を呼び止める。愛想よくうなずいて、さらに一本届ければ、

「もう一本」

「次を」

「次」

と休む間もなく酒のお替りを頼まれる。さすがに面倒くさくなり、お実乃は「まとめて何本かお持ちしましょう」と親切顔で申し出た。ところが、権藤に「酒が冷めるから」と断られた。

飲むのがそれだけ速けりゃ、冷める前に飲み終わる。何度も呼び付けられるこっちの身にもなってみろってんだ。

言えない文句を呑み込んで、階段の昇り降りを繰り返す。十三本目の銚子を運ぶとようやく手を打つ音がやみ、お実乃は夕餉を詰め込んだ。

その後、松の間に膳を下げに行けば、望月と渋谷が畳の上に倒れていた。

「お二人ともしっかりしてくださいっ。一体どうしたんですか」

驚いて声をかけたものの、返ってくるのは苦しそうな唸り声だけ。手足は痙攣（けいれん）しているし、着物は吐いたもので汚れている。

これは急いで帳場に行き、主人の指図を仰がなくては。お実乃が慌てて立ち上がり、踵（きびす）を返そうとしたら、

「ま、待て……」

血を吐くような声に振り返れば、口の周りを汚した望月の血走った目と目が合った。再びそばに膝をつけば、思うように回らぬ舌で懸命に何かを言おうとする。

「あ……げが……」

「望月様、しっかりしてください。何がおっしゃりたいんです」

「………」

ちゃんと声が出なくて悔しいのだろう、汚れた手で袖を摑（つか）まれた。

出かかった悲鳴を呑み込んだとき、望月の手がだらりと下がる。両目は開いたままだったが、呼吸（いき）をしていなかった。

「し、渋谷様、望月様が」

名を呼びながらもうひとりを見れば、渋谷もすでにこと切れている。二人の死を受け止めかねて、お実乃はその場に尻もちをついた。

何でこんなことになったのか。仁八の嘘に騙(だま)されて、明日の日の出前に出立すると望月は張り切っていたではないか。渋谷は好きな酒も控えていたのに。

呆然(ぼうぜん)と二人の亡骸を見下ろすうちに、お実乃の顔から血の気が引いた。

これって四日前のばあさんとそっくりだ。

歳のせいで死んだと思っていたのに、どうして望月様たちが同じ死に方をしたんだべ。

コロリにかかると、嘔吐と下痢を繰り返し、三日でコロリと亡くなると聞いたことがある。三人は夕餉の後に食べたものを吐き、小半刻(こはんとき)くらいで死んでいる。

これはひょっとすると、コロリより厄介な新手(あらて)の病かもしれない。お実乃が恐怖で凍りついたとき、

「これはどういうことだ」

背後で男の声がした。

三

お実乃が振り向くと、権藤たちが三者三様に顔をこわばらせて立っていた。

きっと、松の間の様子が変なので様子を見に来たのだろう。客にとんでもない惨状を見

られてしまい、お実乃はおろおろしてしまう。

「この二人はここの客か」

「は、はい」

震える声を絞り出せば、権藤は畳に飛んだ汚物を嫌がることなく、渋谷のそばに行って膝をつく。真剣な表情で首筋に手を当て、生死を確かめているようだ。次いで望月にも同じことをすると、眉間にしわを寄せて振り向いた。

「死んだ二人は我らと同じものを食べたのか」

「はい、お客さんには同じ料理を出しています」

雷屋は板前がいないので別誂え(べつあつら)には応じない。お実乃がそのことを説明すると、権藤の眉間のしわが深くなった。

「ならば、食あたりではなさそうだ。これが若い男女なら毒を飲んで心中したと決めつけるところだが」

「あら、男同士の心中だってありますよ。僧と小姓が来世を誓って身を投げたって話がありました」

「物語と現(うつつ)は違うだろう」

「そんなことはありません。あたしのいた陰間茶屋だって、そういうことがあったもの。

そのたびに畳を新しくしなくちゃならなくて、楼主はカンカンだったんだから」

口を尖らせる希一を横目でうかがいつつ、お実乃は恐る恐る口を挟んだ。

「あ、あの、これは心中とかじゃありません。渋谷様と望月様は叔父と甥という間柄でございますから」

「だったら、どうして死んだのさ」

「……たぶん、新手の流行病じゃありませんか。ここにいると、あたしたちもうつるかもしれません」

具合が悪くなったら最後、一刻と持たない死病である。

早くここを出て良純先生を迎えにいかなくては――と思っていたら、希一が嘲るようにこっちを見た。

「なに寝ぼけたことを言ってんのさ。あたしは夕餉の前に、元気なこの二人とすれ違ってんだ。コロリだって寝込んでから死ぬまでに何日かかかる。半日と経たずに死んじまうなんて、毒を飲んだに決まってるよ」

「で、でも、四日前にも同じような死に方をなすったお年寄りがいます。望月様たちはその前からここにお泊まりでした」

「四日前か……本当に流行病なら、客の世話をする女中がピンシャンしていられるもんか。

死んだこの二人よりあんたが病にかかるはずさ」

言われてなるほどと思ったものの、小馬鹿にするような口ぶりが癇に障る。

そっちの身を案じればこそ、四日前に起こったことまでわざわざ教えてやったのに。お実乃は上目遣いに希一を睨んだ。

「あ、あたしだってこの病にかかっているかもしれません。お客さんたちもうつりたくなかったら、早く出ていってくださいまし」

強い怒りは恐怖を抑えるのに効くらしい。負けじと言い返したところで、権藤が間に割って入った。

「いや、恐らくそれはない」

「えっ」

「この二人は男でおぬしより身体も大きい。同じ時期に同じ病にかかっていれば、おぬしが先に死んだはずだ」

相手の言わんとすることはわかるものの、自分はいつも通り元気だし、老婆と望月たちの死にざまはそっくりだ。この二人が毒を飲んで死んだのなら、老婆も同じ毒で死んだことになる。

だが、老婆も望月たちも進んで毒を飲むとは思えない。また権藤や希一の言うことが正しいという保証もない。

頭がこんがらがってきたとき、無言で立ち尽くしていた二三郎が口を開いた。

「我らだけで話していてもどうにもならない。早くここの主人を連れてきてくれ」

もっともな意見に従い、お実乃は転がるように階段を降りる。走って帳場に駆け込めば、すかさず仁八に睨まれた。

「お実乃、うるさいぞ」

「旦那さん、松の間の望月様たちが亡くなりました。いますぐ二階に来てください」

「馬鹿な冗談を言うんじゃない」

「本当です。その目で確かめてくださいまし」

信用しない主人を急き立て、強引に二階に連れていく。途中、お秀に呼び止められたけれど、お実乃は振り返りもしなかった。

「ご、権藤様たちがなぜここに」

松の間に入った仁八は亡骸を取り囲む三人を見て青くなる。振り向いた権藤は肩をすくめた。

「その女中の切羽詰まった声を耳にして、知らぬ顔もできなくてな。三人揃って来てみれば、この部屋の客が死んでおったというわけだ」

「ああ、何てこった」

仁八は頭を抱え、へなへなと座り込む。そこへお秀もやってきて真っ青になり、仁八の隣に膝をついた。

「亭主、死んだ二人の詳しい素性は知っているか」

「若い方が望月文吾、もうおひと方は望月様の叔父の渋谷新十郎と名乗られておりました。十年前から親の仇を捜しておられるそうで、先月の終わりからこの松の間にお泊まりでした。ただし明朝出立されるはずでしたが」

「ここの払いはどうなっていた」

「三日分は前払いで頂戴し、残りの二千文を出立前にお支払いいただくことになっておりました」

当然のごとく権藤が問い、仁八は従順に答えている。そのやり取りが役人のお調べじみていて、お実乃は次第にイライラしてきた。

素性の知れない侍がえらそうに。旦那さんもどうして素直に答えているんだか。

いま一番肝心なのは、何で望月様たちが急に亡くなったかってことだべさ。

そのことについて仁八はどう考えているのだろう。お実乃が尋ねようとしたとき、希一が仁八に話しかけた。

「ところで、この女中が妙なことを言うのさ。この二人は新手の流行病で死んだ、四日前も同じ死に方をした年寄りがいた――と言うんだけど、そいつは本当なのかしらん」

「と、とんでもない。こいつは何かと早呑み込みで、勘違いばかりするんです。四日前に亡くなった年寄りは七十二の大往生、眠るように息を引き取りましたんでございます。下台町の本道医、河井良純先生に診ていただきましたから間違いございません」

「亭主の言う通りです。若い娘の目には、人の死にざまがみな同じに見えるんでございましょう」

青くなった夫婦は声高に訴え、揃ってお実乃を睨みつける。二人の剣幕に慌てて顔を伏せたものの、お実乃の腹は怒りで煮えくり返っていた。

眠るように亡くなったなんて嘘ばっかり。あたしは三人が苦しんで死ぬところをこの目でしっかり見てんだから。

お実乃の目には、袖を摑んだ望月のいまわの際の表情が焼き付いている。思わず胸を押さえると、権藤に声をかけられた。

「お実乃と言ったな。おぬしがここに来たとき、二人はすでに死んでいたのか」

「……どうしてそんなことをお尋ねになるんですか。お客さんには関わりのないことでしょう」

不愛想に突っぱねれば、なぜか仁八がうろたえる。そして、「生意気なことを言うんじゃない」と強い調子で叱られた。

「おまえは問われたことに正直にお答えすればいいんだ。権藤様、申し訳ありません」

ひたすら下手に出る仁八は、相手にどんな弱みを握られているのやら。お実乃は仏頂面で主人の言いつけに従った。

「あたしが松の間の膳を下げに来たときは、お二人ともかろうじて息がありました」

「では、何か言い残したか」

「望月様は何か伝えたかったようですが、意味のある言葉を告げるだけの力は残っていませんでした」

「つまり、何も言い残さなかったんだな」

わざわざ念を押され、お実乃はますます不機嫌になる。

「はい、さようでございます。仇討ちを果たすことができず、さぞかし無念だったでしょう。せめて権藤様たちは本懐を遂げてくださいまし。人はいつ、何があるかわかりませんから」

嫌みを込めて答えれば、なぜか希一の口の端がつり上がる。

「おや、そんな態度を取ってもいいのかねぇ。あんたには殺しの疑いがかかっているのに」

どうして元陰間からそんなことを言われなければならないのか。何度も目をしばたたけば、希一はふんぞり返って顎を突き出す。

「新手の流行病だなんて誰が本気にするもんか。この二人の死にざまは毒を飲んだとしか思えないのに、あんたは心中じゃないと言っただろう？」

「だったら、何です」

「自害でなきゃ、毒を盛られたに決まっている。そんなことができるのは、女中のあんたしかいないじゃないか」

何でそうなると心で叫び、お実乃は首を左右に何度も振った。

「あ、あたしはそんなことしていませんっ。そう言うあんたのほうがはるかに怪しいじゃんか」

「おい、やめないか」

血相を変えて言い返せば、またもや仁八に叱られた。

しかし、今度ばかりは引き下がれない。自分の無実は自分が一番よく知っている。希一をハッタと睨みつければ、権藤が咳払いした。

「どうやら、おぬしにも本当の素性を明かさねばならないようだな。拙者は関東取締出役、権藤伝助、こちらは神奈川奉行所の同心、新田二三郎殿である」

「あたしは権藤の旦那の手下で、希一っての。ついでに言っとくと、陰間上がりってのは本当だよ」

権藤が懐に隠し持っていた十手を見せられ、お実乃は頭を殴られた気になった。仁八は気まずそうに身体を揺する。

「あたしは着いて早々、権藤様からご身分を打ち明けられてね。悪党の探索をするために素性は隠しておきたいとおっしゃられたのさ」

だから奉公人には黙っていたが、お秀には打ち明けたということか。

それならそうと、あらかじめ教えてくれりゃあ……相手が役人とわかっていれば、あたしだってもっと気を付けたのに。

うなだれるお実乃の前で権藤は十手をしまった。

「ここは人目を避けたい旅人が泊まるところだろう。先月晦日に居留地の異人が襲われたことは知っているか」

「はい」

「襲われた異人は深手を負ったが、幸い命は助かった。襲った連中は次こそ息の根を止めてやろうと狙っているに違いない。おぬしに見せた人相書は賊のひとりと思われる男のものだ」

「……いまも異人を狙っているなら、賊はまだ横浜にいるんじゃありませんか」

横浜はあちこちに番所や関所があると聞く。一度そこから出てしまえば、また潜り込むのは難しいだろう。冷や汗をかきつつ尋ねれば、権藤は呆れたような顔をした。

「おぬしに言われるまでもない。開港場とその周辺は、外国御用出役と神奈川奉行所の同心で探索に当たっている。拙者はその外を任されている」

関東取締出役、俗に言う八州廻りは関八州の悪党を捕えるのが仕事である。権藤は東海道筋の探索に駆り出されたということらしい。二三郎は神奈川奉行所とのつなぎ役に違いない。

「我らの素性は他言無用だ。茶屋の奉公人にも教えるな」

「は、はい」

念を押されてうなずくものの、お実乃の声は震えてしまう。

ようやく事情はわかったものの、突然我が身に降りかかった人殺しの疑いをどうすれば晴らすことができるのか。ちらりと希一を見れば、望月たちの荷物を権藤に差し出しているところだった。

「旦那、お検めくださいな」

「二三郎、こちらを頼む。拙者は亡骸の懐を確かめる」

振分行李を渡されて、二三郎はさっそく中を検める。権藤は渋谷と望月の懐からそれぞれ財布を取り出した。

「なんだ、往来手形どころか、金もほとんど入っておらんぞ。これでは残りの宿代だって払えんではないか」

聞こえよがしな独り言に仁八とお秀の顔が引きつる。こんなことになるのなら、もっと早く追い出すべきだったと思っているのだろう。

「二三郎、行李には何が入っていた」

「手ぬぐいと替えの下帯だけです」

「仇討ち赦免状も往来手形もない。ならば、仇討ち道中とは真っ赤な偽り。さては食い詰め浪人が店賃を溜めて追い立てでも食らったか」

「では、宿代は」

仁八がおずおずと尋ねれば、権藤は顎を撫でた。

「前払いの金しかなかったようだな」

「あら、その女中から巻き上げた金で払う気だったんじゃないかしら」

いきなり希一に指さされ、お実乃はぽかんと口を開ける。その顔がおかしかったのか、相手は小さく噴き出した。

「前歯が目立つその見た目じゃ、男に好かれたことなんてなかったでしょう。仇討ちを志す若い侍に言い寄られれば、のぼせ上がっても仕方がないって」

「ちょっと待ってください」

「ところが、何かのはずみで相手の目当てが金だとわかった。望月に岡惚れしていたあんたは逆上し、夕餉の膳に毒を盛ったんじゃないの」

こっちの話を聞かない男は勝手に話を作っていく。お実乃は我慢できなくなり、相手の話を遮った。

「馬鹿なことを言うんじゃねぇっ。あたしがそんなことするわけねぇべ」

「おい、お実乃っ」

すかさず仁八に止められたが、このまま黙っていたら人殺しにされてしまう。お実乃は希一に食ってかかった。

「あたしは望月様に言い寄られちゃいねぇし、岡惚れだってしちゃいねぇ。口から出まかせを言うなってんだ」

仮に言い寄られていたとしても、あのご面相ではその気になれない。憤然と言いきったにもかかわらず、相手はまったく動じなかった。

「だったら、どうしてこの二人が新手の流行病だなんて言ったのさ。ただの通りすがりなら騙されたかもしれないが、こっちはいろんな亡骸を山のように見てんだよ。あんたも運が悪かったね」

流行病で死んだと言ったのは、四日前の老婆の死にざまに似ていたからだ。

しかし、お実乃がいくら言い張ったところで仁八夫婦は認めまい。そこへ希一がたたみかける。

「客の夕餉に毒を仕込めるのは、膳を運ぶ女中のあんたしかいない。下手な悪あがきはみっともないよ」

「そ、そんなことを言われても、あたしはやっちゃいません」

「やれやれ、往生際が悪いねぇ」

どれほど詰（なじ）られ、貶められても、自分は望月たちを殺していない。お実乃は固く手を握り、希一を思いきり睨みつける。うかつにまばたきしようものなら、涙がこぼれて落ちそうだ。

一方、希一は整った顔に楽しげな笑みを浮かべている。鼠をいたぶる猫はこういう顔をしているのだろう。

「毒は非力な女が男を殺すときによく使われるの。渋谷にも毒を盛ったのは、騒がれると面倒だと思ったからじゃないのかい」

「だから、あたしじゃねぇってば」

「だったら、誰がやったのさ。それを言えなきゃ、あんたの疑いは晴れないよ」

情け容赦のない言葉にお実乃の目から涙がこぼれる。

このままでは人殺しとして死罪になってしまう。恐怖と不安で悲鳴を上げたくなったとき、権藤がわずかに膝を進めた。

「そう問答無用で追い詰めるな。お実乃、おぬしの歳はいくつだ。雷屋ではどのくらい働いている」

見た目は希一より怖いけれど、中身ははるかにやさしいらしい。こちらの言い分を聞いてくれそうな八州廻りに感謝しながら口を開く。

「じゅっ、十五で奉公を始めて、今年十八になりました」

「奉公して三年か。この茶店は三年も裏の商いをしているのか」

権藤にじろりと睨まれて、仁八が顔をこわばらせる。お実乃はしまったと思ったけれど、偽りを言うことはできなかった。

「それだけ奉公していれば、主人としてこの娘の人となりは承知しているだろう。客に岡惚れするような娘なのか」

「とんでもない。ご覧の通り器量よしとは言えない娘です。客にちょっかいを出すことも、出されることもございません」

「亭主の言う通りでございます。いろいろ早とちりはいたしますが、お実乃は真面目な子です。色恋沙汰の恨みで毒を盛るようなことは致しません」

主人夫婦もさすがにまずいと思ったのか、お実乃の味方をしてくれた。仁八の言い草は少々引っかかるものがあったけれど。

うなずいた権藤に希一が「旦那」と呼びかけた。

「遊び慣れた女より、堅い娘のほうが怖いんですよ。騙されたとわかったときの怒りが大きくて」

「あたしは望月様に惚れてなんていません。何度言ったらわかるんです」

「だったら、夕餉を作った者が毒を盛ったのかねぇ」

「それは……」

うかつなことを口にすれば、人殺しの疑いがお秀に向けられる。お実乃が言葉を詰まらせたとき、「まあ、待て」と権藤が希一をなだめた。

「女中の他にも毒を盛れる者はいるではないか」

「そりゃ誰です」

「そこで冷たくなっている連中だ」

権藤の口から出た言葉にお実乃は耳を疑う。仁八も意外だったのか、何度も目をしばたたく。希一は片眉を撥ね上げた。

「旦那は最初、『若い男女なら』って言ったでしょう」

「心中と思うから話がおかしくなる。食い詰め浪人が揃って世を儚んだと考えれば不思議はなかろう」

二人の財布にはもう金が残っていなかった。この先も恥をさらしながら生きるより、一思いに楽になりたいと考えても不思議はない――それが権藤の考えだった。

「仇討ちを騙ったのは、最後に侍らしいところを世間に見せたかったのだろう」

「さすがは権藤様、きっとそうでございますとも」

この機を逃してはならないと、仁八が前のめりになる。奉公人が人殺しとしてお縄になれば、主人だってただではすまないのだ。

しかし、希一は納得いかないのか、渋い顔で亡骸を見る。

「仇討ちを騙るような浪人が毒を飲んで死にますかねぇ。仮にも侍なら腹を切って果てるでしょう」

「きっと腹を切りたくとも切れなかったんでございますよ。黒船が来てからこっち、刀剣の値は上がったままだ。中身は竹光に決まっています」

仁八は威勢よくまくしたてると、刀掛けの大小を八州廻りに差し出した。受け取った権藤が刀を抜くと、輝く刀身が行灯の灯りをはじく。

「ほら、正真正銘真剣じゃないか」

「そんな馬鹿な……」

希一はえらそうに勝ち誇り、仁八はへなへなとしゃがみ込む。もうひとつの刀や脇差も検めたが、そちらもやはり真剣だった。

「仇討ちを騙るだけあって、武士の魂は手放さなかったみたいだね。こんな立派なものがあるのに、どうして使わないのさ」

ニヤニヤ笑いながら希一は追い打ちをかける。読みが外れた仁八は青い顔でうなだれていた。

このままではまた疑われてしまう——お実乃が身をすくませたとき、権藤が大きなため息をつく。

「希一、その刀はなまくらだ。そいつで腹を切れば、死にきれなくてのたうち回ることになるぞ」

切れ味鋭い業物でも、腹を切って息絶えるまでには時がかかる。苦しむ時間を短くするべく、切腹には介錯がつくのだとか。

「いまどき人が出入りするところで、うかつに腹など切ってみろ。手遅れになる前に蘭方医が呼ばれ、法外な医者代を求められるのが関の山だ」

「それじゃ、望月たちは間違いなく死ねるように毒を飲んだってんですか」

「そういうことだ」

権藤の説明に希一はじっと考え込む。お実乃は疑いが晴れてホッとしつつも、だんだん腹が立ってきた。

自害の邪魔をされたくないなら、人気のない草むらで腹を切ればいい。こんなところで毒を飲むなんてはた迷惑も甚だしい。

腹の中で舌打ちすれば、ようやく二三郎が口を開いた。

「他人に邪魔をされたくないのなら、人のいないところで腹を切ればいいでしょう」

「それでは誰にも気づかれず、供養してもらえまい。二三郎、おぬしは野ざらしになりたいか」

供養をしてもらえなければ、骨になっても成仏できずにこの世をさまようことになる。

お実乃が納得しかけたとき、仁八がイライラと膝を打つ。

「まったく腹の立つ連中だ。宿代も払わないで弔いを人任せにするなんて」

「亭主が怒る気持ちもわかるが、これも乗り掛かった舟というもの。なまくらとはいえ二振りの刀を売れば、宿代と墓代の足しになろう。後の始末をよろしく頼む」

権藤に頼まれて承知したものの、仁八の顔つきは険しいままだ。

間もなく三人は菊の間に戻り、お実乃は松の間を片付けるべく階下に降りる。水桶と雑巾を手に戻ってみれば、部屋には亡骸とお秀しかいなかった。

「あの、旦那さんは」

「刀を持って階下に行ったよ。さて、掃除を始めようか」

お秀は真っ先に畳を拭き、お実乃はほったらかしの亡骸に目を向けた。

「仏様はどうしましょう」

汚れた着物のままでは気の毒だと思ったけれど、お秀は思いきり眉をひそめる。

「こっちは三日分の宿代と五日分の酒代を踏み倒されたんだ。余計な手間暇をかけて弔う義理はないよ」

そんなことを言われても、死んでしまえば仏様だ。粗末に扱えば罰が当たる。お実乃は口や着物の汚れを手ぬぐいで拭きとってやる。そのとき、望月に摑まれた袖の汚れを思い出したが、急いで洗う気にはもうなれなかった。

往来手形がないため、二人の生まれ在所はもちろん「望月文吾」と「渋谷新十郎」が本名かどうかもわからない。望月の母親は安政の大地震で亡くなったと言っていたが、他に身寄りがいたのだろうか。

望月様は最後に何を伝えようとしたんだべ。覚悟の自害なら書き置きくらい残しとけばいいものを。

いまわの際に自分の袖を摑んだのは、毒で苦しかったからなのか。お実乃はいまも苦悶の表情を浮かべる望月の目と口を閉じてやった。

その死に顔は不思議なことにちっともカマキリと似ていない。生きているときは、あんなによく似て見えたのに。ため息をついて顔を上げると、もの言いたげなお秀と目が合った。

「お実乃、さっきはすまなかったね。あんたのことを早呑み込みだの、勘違いだのと言っちまって」

こっちは奉公人なのだから、笑って許すべきだろう。

だが、お実乃はすぐに流せるほど大人ではない。黙って目をそらしたら、お秀が苛立ったように畳を叩く。

「そもそも、あんたがいけないんだよ。四日前に年寄りが死んだとか、死にざまがそっくりだったとか余計なことを言って。いつもお世話になっている良純先生の顔を潰す気かい」

権藤たちに聞こえることを恐れ、お秀の責める声は小さい。ただでさえ裏の商いだ。これ以上役人に目を付けられたくないのだろう。

「この先、手下に絡まれても余計なことを言うんじゃないよ。先月死んだ年寄りと望月たちは何の関わりもないいんだから」

真顔で念を押されたが、お実乃は返事ができなかった。

良純に迷惑をかけるのは心苦しいけれど、息を引き取るときの様子を見る限り、覚悟の自害とは思えない。

「あたしには何の関わりもないとは思えません。お内儀さんだって本当は三人の死にざまが似ていると思っているでしょう」

「いい加減におしっ」

いままでにない剣幕にお実乃は口をつぐむ。お秀は額を押さえると、大きな息を吐き出した。

「望月たちが自害でなければ、あんたが下手人にされるんだ。人殺しとしてお縄になりたいのかい」

「あ、あたしは毒なんて盛ってません」

「あんたでなきゃ、誰が毒を盛ったのさ。八州廻りの手下が言ったように、客に毒を盛れるのは夕餉の膳を運ぶあんたしかいないんだよ」

「お内儀さん……」

頭ごなしに決めつけられて、お実乃は呆然と呟いた。

初対面の希一はともかく、お秀からこんな言葉を聞くなんて。身じろぎもできずにいたら、お秀が表情を和らげた。

「いいかい、年寄りは歳のせいで死に、望月たちは自害した。かたや医者のお墨付き、こなた役人の決めたことだ。あたしたちのような下々がとやかく言うことじゃない。今度こそわかったね」

ここで下手なことを言えば、自分の首を絞めてしまう。お実乃は亡骸を見てから、小さな声で「はい」と言った。そして松の間の掃除を終えると、二人がかりで亡骸を布団の上に横たえた。

「あの、今夜はあたしが寝ずの番をします」

明日の仕事はつらくなるが、自分の他にやる人はいない。お実乃のほうから申し出ると、お秀がまた不機嫌になる。

「いいよ、寝ずの番なんて」

「でも、あんまり気の毒で」

望月たちがなぜ死んだのか、このままうやむやにしてしまうのだ。武士の魂である刀は仁八が持っていった。せめて寝ずの番くらいしてやりたい。

だが、お秀は後ろめたいところなどこれっぽっちもないようで、「なに言ってんだい」と鼻で笑う。

「望月たちは宿代を踏み倒した咎人だよ。役人に頼まれた手前、墓は建ててやるけどね。手だって合わせる義理はないさ」

地獄の沙汰も金次第とはまさしくこのことだろう。お実乃はごくりと唾を呑み、うなずくことしかできなかった。

四

望月たちが死んでから、お実乃の夜は長くなった。

疲れて布団に入っても、なかなか眠りが訪れない。どうにか眠ることができても、苦しみ悶える浪人が夢の中に現れる。そのつど声にならない悲鳴を上げて飛び起きる羽目に陥って――二月九日の夜も布団の中で何度も寝返りを打っていた。

どうしてあたしがこんな思いをしなくちゃならねぇんだ。恨みをぶつけるなら、旦那さんやお内儀さんのほうだべさ。

人の眠りの邪魔をするのはたいがいにして欲しい。仁八やお秀はもちろん、権藤たちも寝不足になっている様子はない。苦しい思いをしているのは自分だけに違いない。

やっぱり、お秀に反対されても寝ずの番をすればよかった。もっと手厚く弔っていればと、後悔しても手遅れである。

いまからできることは望月と渋谷の墓に参って手を合わせるくらいだが、なかなかそんな暇はない。日に日に疲れが増していき、お実乃は心身ともに音を上げていた。

これほど夢に出てくるのは、望月様たちが無念を訴えてんだ。事の真相を明らかにしない限り、枕を高くして眠れねぇのか。

この五日間、権藤や希一、お秀に言われたことを何度となく嚙みしめた。それでも「望月様たちは自害ではない」という思いが消えることはなかった。

――食い詰め浪人が揃って世を儚んだと考えれば不思議はなかろう。

権藤はそう言ったけれど、世を儚んだ浪人が毎晩出された料理にケチをつけ、おいしそうに酒を飲むだろうか。また四日の晩だけ文句を言わず、酒を控えたのも引っかかる。これから死ぬつもりなら、末期の酒を飲むだろう。

きっと、渋谷様と望月様は周囲が寝静まってから逃げる気だったに違ぇねぇ。酔って朝まで寝過ごしたり、大きな音をたてたりしねぇように酒を我慢したんだべ。

たかだか六日の付き合いだが、自分の知る二人なら「生きている限り、お天道様と米の飯はついて回る」と考えるはずである。渋谷は「いつ死ぬかわからん」と言い、望月は何かにつけて「武士たる者は」と言ってはいたが、あれはどう見ても口だけだった。金に困って命を断つより、迷わず夜逃げを選ぶだろう。

――客の夕餉に毒を仕込めるのは、膳を運ぶ女中のあんたしかいない。下手な悪あがきはみっともないよ。

――望月たちが自害でなければ、あんたが下手人にされるんだよ。

希一やお秀が何と言おうと、自分は毒を盛っていない。望月たちが毒殺ならば、他の誰かが下手人だ。仏となった望月たちはお実乃の無実を知ればこそ、夜ごと夢枕に立つのだろう。

しかし、生きている人間は小娘の言葉を信じてくれない。無実の証を立てるには下手人を突き止めるのが一番だが、その手立てが浮かばない。悶々(もんもん)と悩むうちに、お実乃は恐ろしいことに気が付いた。

あたしは夕餉の膳に毒を盛ったりしてねぇけど、望月様たちが死んだのはあたしのせいかもしんねぇ。

お実乃以外の人間が客の膳に毒を盛ろうとしたら、お秀や自分の目を盗み、台所でやるしかない。雷屋の者なら誰だって台所に入れるけれど、二階の客に出す料理はすべて同じものである。

どの膳をどの客に出すかは、お実乃の気分次第なのだ。膳に毒を盛った下手人は「客の誰かを殺したい」のではなく、「客の誰かが死ねばいい」と考えたのではなかろうか。

そういうことなら死んだ三人――老婆と望月たちに何のつながりもないのもうなずける。お実乃が毒入りの膳を出したりしなければ、あの三人はいまも生きていた……。

だとしても、あたしは悪くない、あたしは何も知らなかったと自分自身に言い聞かせても、身体の震えが止まらない。自分が殺しの片棒を知らぬ間に担いでいたなんて、できれば気付かずにいたかった。

菊の間の年寄りが死んだとき、憤る棟梁の話をもっと親身に聞くべきだった。「いい歳をして取り乱すなんてみっともない。巻き込まれたこっちはいい迷惑だ」と白い目を向けていたなんて、考え違いにもほどがある。運悪く巻き込まれ、とんでもない迷惑をこうむったのは向こうのほうだったのに。いまにして思えば、良純も不自然なものを感じていたのだろう。

しかし、下手なことを言えばお実乃が疑われ、雷屋の商いにも障りが出る。そこで日頃の付き合いを重んじ「老婆は病で亡くなった」と言ってくれたのだ。

一体誰が何のために、こんなことを仕出かしたのか。

あたしに何の恨みがあるんだ。

横になっていても身体が揺れている気がするのは、強い怒りか、恐ろしさゆえか。下手人は十中八九雷屋の中にいるはずだけれど、相手が誰であろうと人殺しに仕立てられるほど恨みを買った覚えはない。

茶汲み女は残らずお実乃を見下している。しかし、大それたことをしてまで陥れようとしないだろう。主人夫婦や末五郎は、お実乃が目障りなら暇を出せばいい。茶店でそばを作っている年寄りとはろくに言葉も交わさないし、久六にいたっては恨まれるどころか、感謝されていいはずだ。下手人の見当がちっともつかず、お実乃は知らず歯ぎしりした。

敵は何の関わりもねぇ人を平気で殺すような人でなしだ。まともに考えたって答えなんてわからねぇ。

案外狙いはあたしじゃなく、他の何かかもしれねぇな。

顔をしかめて寝返りを打ち、お実乃は再び考える。

いつもは落ち着く波の音がここ何日かは耳障りで仕方がない。それでも、寄せては返す波に合わせて呼吸をするうちに、だんだん気持ちが落ち着いてきた。

ひょっとして、下手人は雷屋を潰すことが狙いなのか。悪い噂が立てば、どんなに茶汲みが愛嬌(あいきょう)を振りまいても客が寄り付かなくなってしまう。

仁八とお秀は末五郎に拾われ、身代を譲られた。それを妬(ねた)んだ他の奉公人が今度の一件を企んだとしたら……。

一瞬その気になりかけたが、どこかしっくりこなかった。

たまたま毒を手に入れて、ためしに使ってみたかった？　それとも、他に何かあるのか。

ひとり悩んでいる間も少しずつ時が過ぎていく。髪が崩れるとわかっていても、寝返りをやめることができなかった。

お実乃が寝ている部屋は台所の脇にある三畳ほどの板の間だ。真夜中に泊まり客から呼ばれれば、すぐさま駆け付けねばならない。

渡り廊下で母屋とつながっているとはいえ、店には客と自分だけだ。最初はひとりで寝るのが怖かったが、いまではすっかり慣れてしまった。おかげで何度寝返りを打っても、いびきをかいても構わない。

隠居の末五郎と仁八夫婦、そして久六は母屋で寝ている。

本来ならば久六も店で休むことになっていたが、「足の悪いご隠居さんが暗い中、ひとりで厠に行くのは危ねぇ」と言い出して面倒な仕事から逃げ出した。

久さんは本当にちゃっかりしてんだから。菊の間の年寄りが死んだときも、望月様たちが死んだときも二階に上がってこなかったし。

暗闇をじっと睨んでいると、だんだん目が慣れてくる。すすけた天井を見上げながら、思わず漏らしたため息は闇の中に溶けて消えた。

権藤たちはいまも雷屋に泊まっている。どこをどう捜しているのか知らないが、異人を襲った攘夷派の浪人はまだ見つかっていないようだ。朝餉を食べると三人揃って出かけていき、暮れ六ツ前に別々に戻ってくる。いまのところ、夕餉を食べてから出かけたことはない。

攘夷派の探索なら、日が暮れてからもすべきことがありそうなものだ。それとも望月たちが自害したと言いながら、また雷屋で人が死ぬと思っているのか。

いや、そう思っているのなら、もっと雷屋にいるはずだ。希一はお実乃を見るたび「あたしは騙されないよ」と言い張るけれど、権藤はここで下手人捜しをしているとは思えない。

あたしを疑うなら、ちゃんと調べりゃいいじゃねぇか。手下だけその気になったってどうしようもねぇべ。

自分の無実を証明して希一の鼻を明かすためにも、三人を殺した真の下手人を突き止めたい。心からそう思っていても一体どうすればいいのやら。

こっちがまごまごしている間に、また客に毒を盛られたらどうしよう。

お実乃が寝乱れた頭を抱えたくなったとき、八ツ（午前二時）を告げる鐘の音が聞こえてきた。さすがにもう寝ないとまずい。

また望月様たちが夢に出てきませんように。

お実乃は固く目をつぶった。

翌朝は無事七ツに起きられたが、頭も身体も重かった。生あくびを噛み殺してお秀と台所に立っていると、明け六ツ前に権藤が現れた。

「おはようございます。どうかなさいましたか」

台所は客、特に二本差が近寄るような場所ではない。鍋をかき回す手を止めぬまま、お秀が怪訝（けげん）そうに聞く。

お実乃もうろんな目を向けると、権藤が居心地悪げに顎をかく。

「昨夜から二三郎の具合が悪くてな。朝餉は二人前でいいと言いに来ただけだ」

「あらまあ、新田様は大丈夫でございますか」

目を丸くしたお秀の言葉を遮るように、お実乃は「医者を呼んできますっ」と言い放った。

誰の仕業か知らないが、これ以上雷屋で人が死ぬのはまっぴらだ。血相を変えて飛び出そうとしたら、権藤に止められた。

「待て、待て。早まるな。二三郎は腹を下しただけだ」

「それだって何かが悪かったからじゃ」

「わしも希一も同じものを食べて何ともない。やつは腹が弱くていつも薬を持ち歩いている。腹痛(はらいた)ごときで日の出前に叩き起こしたら、医者も気の毒だろう」

「……命に別状はないんですか」

「もちろんだ」

呆れ顔でうなずかれ、身体の力の抜けたお実乃は土間に膝をついてしまった。

考えてみれば、いままでの三人は夕餉を食べてすぐ亡くなっている。朝まで生きている時点で、前の三人とは違う。

安堵(あんど)の息を吐きだせば、頭上から刺々(とげとげ)しい声が降ってきた。

「まったく、あんたはそそっかしいんだから。それじゃ、朝餉は二人前ということで承知しました。こんなところまでわざわざ伝えに来てくださって、本当にありがとうございます」

「いや。たいしたことではない。むしろ驚かせて悪かったな」

ようやく立ち上がったお実乃に声をかけ、権藤が台所を出ていく。再び安堵の息をついて顔を上げれば、お秀の険しい表情が目に入った。

「たかが腹痛で何を驚いているんだい。役人の前で無様に取り乱すんじゃないよ。痛くもない腹を探られたらどうするのさ」

痛くないと言えるほどきれいな腹ではないと思うが、言い返して睨まれるのも馬鹿馬鹿しい。お実乃が「はい、すみません」と謝れば、お秀は気がすんだのか、すぐに竈の火を消した。

その後は朝餉の膳を客間に運び、客たちを順に送り出す。洗濯を終えてひと息つくと、四ツの鐘が鳴り始めた。

「お実乃、菊の間に行って病人の様子を見ておいで」

権藤と希一が探索に出かける前にのぞいたら、二三郎は文字通り腹を抱えて眠っていた。いまも痛みが続いていれば、医者を呼んだほうがいいかもしれない。お実乃はすぐに二階に上がった。

「新田様、腹の具合はどうですか。何か食べられそうでしたら、おかゆか握り飯でも持ってきます」

襖を開けずに声をかければ、「入れ」という声がした。できるだけ静かに襖を開けると、二三郎が気だるげに身体を起こす。

「手数をかけて申し訳ない。薬で痛みは治まったから、握り飯をもらえるか」

おかゆより握り飯が食べたいのなら、かなりよくなったのだろう。お実乃はそれをお秀に伝え、お櫃に残っていた冷や飯を手早く握る。

漬物と一緒に差し出せば、二三郎は勢いよくかじりついた。

「あの、慌てて食べるとまた腹が痛くなりますよ」

「もう大丈夫だ。わたしの腹は下りやすいが、治るのも早い」

三つの握り飯はあっという間になくなった。お実乃は茶を淹れるべく、持ってきた茶筒を手に取って底の印を指でなぞる。

客用の茶筒の底には、客間に合わせてそれぞれ松、竹、梅、菊が彫ってある。二階に持ってくる前にちゃんと底を見たけれど、お実乃は茶を淹れるときも確かめてしまう。

握り飯を三つも食べれば喉が渇いているだろう。熱いお茶を差し出すと、二三郎はうれしそうに飲み干した。

「ああ、やっと落ち着いた。世話になったな」

「いえ、たいしたことがなくてよかったです。あたしはてっきり……」

死にかけていると思った——と言いかけて、お実乃は両手で口を押さえる。危ういところで呑み込めば、二三郎が顎をかく。

「わたしは子供の頃から腹が弱くて、こういうことはよくあるのだ。ところで、おまえも具合が悪そうに見えるんだが」

「えっ」

「顔色が悪いし、目の下にはっきり隈（くま）ができている。このところ、眠れていないのではないか」

心配そうな目を向けられて、お実乃はとっさにうつむいた。

鏡など見ていないけれど、二三郎の言う通りだろう。雷屋の面々は何も言わなかったのに、目の前の男だけがお実乃を気遣ってくれたのだ。

「人が突然死ぬところに出くわしたのだ。若い娘なら眠れなくて当然かもしれないが、早く忘れたほうがいい」

「ありがとうございます」

寝不足で気持ちが弱っているせいか、ちょっとした人の情けが驚くほど身に沁（し）みる。お実乃は二三郎に熱い目を向けていた。

この人なら、きっとあたしの言うことにも耳を貸してくれる。雷屋の中に人殺しがいると訴えてみようか。

いまなら自分を目の敵(かたき)にする希一はいない。だが、藪をついて蛇が出たら……一度は自害で収まったのに、再び殺しの疑いをかけられたらどうしよう。

結局、覚悟を決められないまま、お実乃は黙って菊の間を出た。お天道様はいつの間にか頭の上に来て、階下(した)の茶店は客で混み始めていた。

「まったく、どいつもこいつも見た目ばかりで気が利かないね。お実乃、使い終わった湯呑を片付けといで」

お秀に言われて店先を見れば、床几の端に湯呑が重ねておいてある。急いで片付けていると、客の話し声が耳に入った。

「この辺りはのどかでいい。横浜は役人ばかりで落ち着かねぇぜ」

「おめぇ、さては港崎帰りか。どこの見世に行ったんだ」

「もちろん港崎一の大見世、岩亀楼(がんきろう)よ」

手甲(てこう)、脚絆(きゃはん)をつけた男二人はどちらも一人旅らしい。隣り合わせになった縁で話に花を咲かせている。お実乃が耳をそばだてていると、茶汲み女のお千代が二人の話に割って入った。

「お客さん、岩亀楼帰りなんて隅に置けないね。あそこは見世の造りがえらく凝っているって聞きましたよ」

「そうさ。見世の中を見るだけで見物料を取るくらいだ。だが、金を払っても見る値打ちはあるぜ」

「てぇことは、おめぇも見物しただけか」

「冗談じゃねぇ。俺は花魁と朝までしっぽりよ。あすこの日本人口は上玉が揃っているからな」

得意になって語る男をお実乃はそっと盗み見る。本人はめかしこんでいるつもりのようだが、柄の大きい弁慶格子が似合っているとは言い難い。

いったい誰を敵娼にしたのだろう――お実乃の心の声が聞こえたわけではないだろうが、隣の男が聞いてくれた。

「へぇ、誰と遊んできたんだ」

「亀秋って子さ。見世にでて日が浅いから客あしらいに慣れてなくて、情のあるところがいいんだよ」

敵娼の名が耳に入り、お実乃は肩の力を抜く。しかし、次の言葉で息を呑んだ。

「ふん、港崎まで行って素人くせぇ女を買うやつの気が知れねぇ。俺が買うなら亀花か玉亀だな」

「おめぇのような貧乏人に見世で一、二を争う売れっ子が買えるもんか。寝言は寝て言いやがれ」

「何だとっ」

「二人とも静かにしてちょうだい。他のお客の迷惑よ」

言い争いになりかけたところをお千代が諫める。客もまずいと思ったのか、口をつぐんでくれたのはよかったが、

「港崎の女郎は日本人口と唐人口に分けられているらしいけど、所詮は売り物買い物でしょう。日本人口の女郎だって、陰でこっそり異人の相手もしているってもっぱらの評判ですよ」

お千代は「ここだけの話」と前置きして、わざとらしく声をひそめる。二人の客の顔色が変わった。

「おい、そりゃ本当かよ」

「異人が抱いた女なんて願い下げだぜ」

「あたしだって同じ女として信じられないわ。異人に肌を許すくらいなら、死んだほうがましだもの。まあ、あくまで噂ですけどね」

港崎の女郎を貶めて、自分の女としての株を上げる。お千代のあざといやり口にお実乃の苛立ちが高まった。思わず睨みつけたとき、「お実乃」とお秀に名を呼ばれた。

「何をもたもたしているんだい。早く湯呑を持っといで」

「は、はいっ」

慌てて湯呑をかき集め、台所へ引き返す。お秀に謝って湯呑を洗い出すものの、頭の中はお千代の言葉で一杯だった。

日本人口の女郎が陰で異人の相手もしているなんて嘘ばっかり。岩亀楼の楼主はそれだけはねぇって約束したべさ。

胸の中で自分自身に言い聞かせたが、不安の波が次から次に押し寄せる。何しろ、相手は悪名高い忘八(ぼうはち)だ。山ほど金を積まれたら、自分との口約束などケロリと忘れてしまうだろう。

岩亀楼の売れっ子花魁、亀花は姉のお花である。お実乃が雷屋で奉公を始める前に自ら廓に身を沈めた。

お実乃たち姉妹の家は戸部の中でも貧しく、父は畑仕事を手伝える丈夫な男の子を欲しがっていたらしい。ところが、生まれたのは女の子が二人だけ。当ての外れた父は母に不満をぶつけたが、姉が美しく生い立つと別の夢を見始めた。

お花ほどの器量よしなら、玉の輿にも乗れるだろう。金持ちの身内になれば、左団扇で暮らせるはずだ――そんな虫のいい考えで姉にだけは読み書きを習わせ、力仕事や汚れ仕事はやらせなかった。そして十六になると、神奈川にある一流の料理屋に奉公させたのである。

名のある料理屋の客は、金持ちの商人か武家に決まっている。父の目論見は途中までうまくいった。姉は横浜に店を出すことになった生糸問屋の跡取りに見初められ、二人は将来を誓い合った。しかし、姉が身籠ったことを打ち明けると、知らぬ間に子おろしの薬を飲まされたのだ。

惚れた相手に裏切られ、姉は命こそとりとめたものの、すっかり人が変わってしまった。父は手切れ金をせしめようと騒いだけれど、相手はまるで取り合わない。「これ以上つきまとえば、役人に訴える」と逆に脅され、尻尾を巻いて引き下がった。

奉公先の女将ですら若旦那の肩を持ち、「客を強請るような奉公人を置いておけない」と姉を追い出したのである。

世間はいつも金持ちや、身分の高い者ばかり重んじる。家に戻った姉は「父親のわからない子を身籠った挙句、大店の若旦那を強請った性悪女」にされてしまった。一家揃って身の置き所をなくしていたとき、岩亀楼の楼主が訪ねてきた。

――お花さんほどの器量よしなら、見世一番の売れっ子になれる。どうかうちに来てくれないか。

そのとき姉は十九、お実乃は十五になったばかりだった。男の十五は、見た目はともかく中身はまだ子供である。

だが、女の十五は一人前だ。お実乃は遊廓で働く意味を知っていたので、楼主の言葉に憤(いきどお)った。

うちは貧乏だけど、ねえちゃんを売らなきゃならねぇほど金に困っちゃいねぇ。人買いに来たのならお門違いというもんだ。

すぐそばの横浜に港ができ、戸部にも神奈川奉行所や役人の屋敷が建てられている。開港場には異人の居留地だけでなく、江戸の吉原に負けないくらい大きな遊廓もできると聞いたけれど、自分たちには関わりない。

父も断ると思っていたのに――渡りに船と姉を売った。

――お花の身に起こったことは村中のもんが知ってんだぞ。ふしだらな娘と後ろ指をさされるより、港崎一の大見世で売れっ子女郎になったほうがはるかにましだ。なに、心配すんな。お花の器量ならすぐに身請けの話が来る。金持ちの妾(めかけ)になれりゃ、それこそ左団扇じゃねぇか。

楼主の話を真に受けたのか、差し出された切り餅に目が眩んだのか。悪びれない父の言葉にお実乃は怒りで身体が震えた。

姉は男に裏切られて死にかけたばかりだ。その傷も癒えないうちに、金で男に身を売れというのか。

泣きながら食ってかかろうとしたら、当のお花に止められた。すっかり無口になった姉は父に異を唱えなかった。

――ねえちゃん、自棄になっちゃだめだ。嫁入り前に子を流す娘なんてめずらしくねぇ。それに、ねえちゃんは好きで流したわけじゃねぇんだもの。

いまは白い目で見られていても、心ひそかに姉に惚れている男は山ほどいる。一年も経てば、また言い寄って来るに違いない。荒んでしまった姉の心もその頃には落ち着いているだろう。

しかし、姉が負った心の傷は思ったよりも深かった。背筋が凍るような笑みを浮かべてお実乃を見た。

――あんたの知っているねえちゃんは腹の子と一緒に死んじゃった。ここにいるのは、男への恨みを晴らすために出てきた幽霊さ。

――若旦那はあたしを弄んで捨てた。今度はあたしが男たちを弄んでやる。客から金を巻き上げて、実の父親に殺された我が子の供養をしてやるべ。

ひどく楽しげに告げられて、お実乃は何も言えなくなった。

姉は幼い頃からお実乃の自慢だった。誰よりもきれいでやさしくて、器量の劣る妹を蔑(さげす)むどころか、かわいがってくれる。姉ならどこの誰よりも幸せになれると信じていた。それなのに、こんなことになるなんて……。

ねえちゃんが騙されたのは、父ちゃんが玉の輿に乗れなんて言ったからだ。挙句、女郎に売るなんて人のすることじゃねぇ。

母ちゃんも母ちゃんだ。ねえちゃんをかわいがっていたくせに、どうして何も言わねぇのさ。

やれ「いい子だ」「美人だ」とさんざん姉をもてはやし、身勝手な目論見が外れると掌(てのひら)を返す。お実乃は実の親に愛想を尽かし、奉公に出たのである。

「お実乃、手が止まってるよ」

背後からお秀の声がして、お実乃はようやく我に返る。「すみません」と謝りながら、急いで残りの湯呑を洗った。

睡眠が足りないせいか、知らぬ間にぼんやりしてしまう。そのつどお秀に叱られて、お実乃は下げ慣れた頭を下げる。

お秀の機嫌は徐々に悪くなり、その後、買い物をする銭を渡されたときなんて何度念を押されたことか。

「いいかい、豆腐二丁と揚げが四枚だからね。くれぐれも買うものや釣りを間違えるんじゃないよ」

出がけに再度念を押されて、お実乃は神妙にうなずいた。

ここまで言われてしくじったら、こっちだって立つ瀬がない。そして豆腐屋へ行く道すがら、ばったり久六と出くわした。

「なんでぇ、お実乃じゃねぇか。こんなところで油を売ってていいのかよ」

自分のことを棚に上げて何を言い出すのやら。お実乃は思いきり目を眇め、持っていた桶を突き出した。

「あたしはお内儀さんに言われて豆腐を買いに行くところなの。そっちこそ勝手に出歩いていいの」

時刻は八ツを過ぎたところである。久六は雷屋が一番忙しいときに出歩いていたに違いない。

「へん、俺だってご隠居さんに頼まれて瓦版を買いにきたところよ」

「瓦版は久さんが読みたいだけじゃない。うまいことを言って、ご隠居さんに買わせているんでしょう」

末五郎に頼まれたなんて片腹痛い。鼻で笑って言い返せば、久六はむきになった。

「ご隠居さんはしばらく前から目のかすみがひどくなって、瓦版や書付（かきつけ）の小さな文字が読めねぇんだ。俺はご隠居さんに頼まれて、代わりに読んでやっているんだぜ」

「だったら、医者にかかったほうが……このまま放っておいて、ご隠居さんの目は大丈夫なの」

「心配すんな。ご隠居さんには俺がついていらぁ」

そういうあんたがついているから、余計心配なんじゃねぇか。

ふんぞり返る久六にお実乃は内心舌打ちした。

かつて吉原通いが過ぎて勘当になったという久六は、ことさら江戸言葉を使いたがる。親は江戸近在の大百姓だったそうで、いまでも二言目には「下男なんぞしている生まれじゃねぇ」と愚痴をこぼす。

元から怠けてばかりいたけれど、今後は末五郎の隠居部屋に入り浸ってますます仕事をしなくなりそうだ。お実乃はため息を呑み込み、話を変えた。

「ところで、港崎の女郎は日本人口でも、陰で異人の相手をしているって噂を聞いたんだよ。名もない小見世はともかく、大見世はそういう恥知らずなことをしないだろう？」

もはや女を買う甲斐性などないはずだが、勘当になった理由が理由である。久六はいまも横浜や港崎の噂をせっせと拾い集めている。お実乃は姉のことを知りたい一心で、怠け者の年寄りにうるさいことを言わなかった。

「久さんだったら、本当のところを知っていると思ってさ。お願いだから、あたしにいますぐ教えてよ」

人目をはばかることなく問い質せば、顔色を変えた久六がいきなりお実乃の手を摑む。何が何だかわからないまま、人気のない路地に連れ込まれた。

「堂々と厄介なことを聞きやがって。この辺りには港崎に出入りしている連中だって多いんだぞ」

港崎には異人はもとより、江戸や品川の金持ちも船で遊びに来るという。目と鼻の先の神奈川から通う人も多いだろう。

「それが何よ」

「下手なことを言って、楼主連中の耳に入ってみろ。どんな目に遭わされるかわかりゃしねぇ」

「まさか」

たかが往来の立ち話が楼主の耳に入るものか。お実乃が呆れて噴き出すと、久六は真顔でかぶりを振った。

「何がまさかだ。いまは何があってもおかしくねぇ世の中だ。俺が若い頃なんか、この目で異人を見ることなんて一生ねぇと思っていたぜ」

それは確かにそうだろう。鎖国の法は幕府ができた当初から長らく守られてきた。だからこそ、この国は異人を嫌う者が多い。

「もっと言やぁ、俺がこんな身の上になるとも思っちゃいなかった。ああ、勘当にさえならなけりゃ……」

「その話はいいから、早く港崎の話をしてよ。楼主に聞かれちゃまずいってことは、やっぱり噂は本当なの」

日本人口の花魁が異人にも肌を許していれば、女郎買いを控える男はいるだろう。真偽をはっきりさせたくて、お実乃は相手を問い詰める。久六は首をすくめた。

「そりゃ揚げ代を山と積まれりゃ、楼主は断らねぇだろう。とはいえ、人気の花魁が死んでも嫌だと突っぱねりゃ、無理強いはできねぇんじゃねぇのかね。客のつかねぇ女郎は別だが」

久六の話が正しければ、姉の気持ち次第のようだ。

女郎になって三年が過ぎたが、いまも男への恨みを募らせているのだろうか。いくら何でも異人の相手はしていないと思うけれど……。

しばらく考え込んでいたら、からかうような声がした。

「そんなに気になるのなら、菊の間の客に聞いてみろ」

「どうしてよ」

「腹を下して寝込んでいるやつは神奈川奉行所の同心だっていうじゃねぇか。そういや、陰間上がりの色男もしきりと厠のそばをうろついていたが、菊の間の連中は揃って腹が弱いんだな」

「……客の腹具合なんて、あたしはどうでもいいんだけど」

「そうじゃねぇって。神奈川奉行所の同心なら、港崎や異人について詳しいだろうと言ってんだ」

それならそうと早く言え。

お実乃は久六を置き去りにして一目散に走り出す。帰りは豆腐があるので走れなかったが、できるだけ急いで店に戻った。

「お内儀さん、ただいま戻りました。いまから菊の間に行って夕餉が食べられるか聞いてきます」

台所に油揚げと豆腐の入った桶を置くなり、お実乃は早口で言い切った。そしてお秀の返事を待たずに二階に上がる。

「お客さん、具合はどうですか」

声をかけたと同時に襖を開ければ、二三郎は筆を持っていた。一瞬驚いた顔をして、すぐに筆を矢立にしまう。

「ああ、もう大丈夫だ」

「夕餉は他のお客さんと一緒でも平気ですか」

「ああ」

女中としては「よかったですね」と返事をして、部屋から出ていけばいい。

だが、お実乃は二三郎にどうしても聞きたいことがある。さて、どうやって切り出すか。

なかなか動こうとしないお実乃に二三郎が眉を寄せた。

「まだ何かあるのか」

「あの、実は……新田様にお尋ねしたいことがあって……港崎遊廓のことですが」

お実乃は迷った末に、二三郎にまっすぐ尋ねた。

いくら官許の遊廓とはいえ、若い娘に聞かれたいことではなかったらしい。相手はたちまち不機嫌になった。

「そのようなことを聞いてどうする。港崎はもともと異人の頼みで造られた遊廓だ。嫌がる素人を手籠めにするのは問題だが、金を出して売り物を買うのだ。とやかく言うようなことではない」

「それじゃ日本人口と唐人口に分けている意味がねぇべ。御奉行所は決まりを破った商人を取り締まるのが仕事だろう」

「奉行所にはもっと大事な仕事が山ほどある」

「だから女郎のことなんて構ってられねぇってのか。うちのねえちゃんには異人の相手はさせねぇって岩亀楼の楼主が言ったんだ」

いい人だと思ったのは勘違いだったのか。怒りに任せてまくしたてれば、二三郎は片眉を撥ね上げた。

「おい、言葉が訛っているぞ」

言われて、お実乃は口を押さえる。二三郎は「なるほど」と呟いた。

「おまえの姉が日本人口の女郎をしているのか。文句を言いたい気持ちもわかるが、我が国の立場は弱い。よほどのことがない限り、異人には手を出せぬ」

「……ええ、そうでございましょうとも。お役人が総出で異人を襲った賊を捜しまわっているくらいですから」

言葉遣いに気を付けながら、お実乃は精一杯の嫌みを並べた。

異人のいる本覚寺にも昼夜を問わず警護の役人が立っている。日本人の命より異人の命のほうがはるかに重い。

しかし、日本の役人なら、まず日本人を守るべきではないか。そう思った瞬間、言い出しかねていた言葉がお実乃の口から飛び出した。

「望月様たちが自害したと、新田様は本心から思っていらっしゃいますか」

「急に何を言い出す。それはもう終わった話だ」

「権藤様の手下の希一さんはいまでもあたしを疑っています。新田様も本当はあたしを疑っているんですか」

お実乃自らそんなことを言い出すなんて思っていなかったに違いない。二三郎は目を剝（む）いた。

「では、やはりおまえが望月たちを」

「いいえ、あたしは神仏に誓ってやっていません。でも、望月様たちは雷屋にいた誰かに毒を盛られたんだ。権藤様は異人を襲った賊の探索で忙しいから、わざと自害にしたんじゃねぇのか」

一番疑わしいお実乃を憐（あわ）れんでくれたところもあるだろう。だが、それ以上に「食い詰め浪人の死などどうでもいい」と思ったはずだ。

「前にも言ったが、望月様たちが死ぬ四日前に年寄りがそっくりの死に方をした。望月様たちが毒で死んだというなら、その年寄りも同じ毒で死んだことになる。だけど、その年寄りだって世を儚む理由なんてかけらもねぇ、気の強いばあさんだった。足を痛めているくせに、『川崎のお大師様に行く』と言い張っていたんだべさ」

知っていることをひと息にまくしたて、また勢いあまって訛ったことに気が付いた。まずいと思って相手の様子をうかがえば、二三郎は顔を歪めて前かがみになっている。

いまの言葉を怒っているのか、また腹が痛むのか。どちらかわからなかったので、お実乃は見て見ぬふりをした。

「ここの主人夫婦はおぬしの勘違いだと言っておったぞ」

「あとでお内儀さんからそういうことにしておくように言われました。ですが、下手人はこれから先もお客の膳に毒を盛るかもしれません。四日の晩だって、望月様たちに毒入りの夕餉が当たったのはたまたまです。新田様たちが食べていたかもしれないし、これから毒入りの膳を出されるかもしれませんよ」

今度は訛らないように気を付けてゆっくりしゃべる。己の身も危険だと知り、二三郎の顔が引きつった。

「いくら何でもそれはなかろう」

「いいえ、十分あり得ます。それでも、異人を襲った賊の探索を先にするって言うんですか。ことによると、今夜の膳に毒が盛られるかもしれないのに」

「それが何だ。轟組（とどろきぐみ）に殺された人の数を思えばっ」

我が身が危ういと思えば、二三郎も放っておけまい。そう思って発した言葉は語気猛々（たけだけ）しく遮られ、二三郎は「しまった」という顔をする。

聞き覚えのある賊の名にお実乃は記憶の糸をたどった。

「轟組ってずいぶん前に東海道で押し込みを働き、家の者や奉公人すべてを皆殺しにした凶賊（きょうぞく）でしょう。その一味が異人を襲ったんですか」

お実乃がまだ幼いとき、何度もその名を耳にした。押し込み先の住人が皆殺しにされてしまうため賊の手掛かりがほとんどなく、一味は誰ひとりお縄にならなかったと聞いている。

その残忍さから「真の狙いは金より人殺しではないか」とも噂され、東海道筋の金持ちは軒並み震え上がったらしい。一方、貧乏人の中には怯える金持ちを見て溜飲（りゅういん）を下げる者もいたようだ。

横浜に港ができた頃から噂を聞かなくなったけれど、そんな昔の悪党の名がなぜいまさら出てくるのか。にわかに呑み込めずにいたら、二三郎に舌打ちされた。

「このことは誰にも言うなよ」

「どうしてですか」

「凶賊を野放しにしていたことを異人たちに責められる。幕府の威信はさらに傷つき、町人たちも轟組の名を聞けば、ますます恐れおののくだろう」

ため息混じりに告げられて、お実乃はなるほどと納得する。とはいえ、ここで引き下がるつもりはなかった。

「でも、どうして轟組の仕業だとわかったんです。いままでと襲う相手もやり方もまるで違っていますけど」

「襲われたエゲレス人に賊が自ら名乗ったようだ。我らの名は轟組だと」

では、あの人相書は轟組の一味のものか。目つきの悪い馬面を思い出し、お実乃の背筋に震えが走った。

しかし、かつての押し込み先は東海道の大店ばかりだったのに、なぜ今度に限って横浜の異人を狙ったのか。納得できずにいたら、二三郎が苦笑した。

「おまえが疑う気持ちもわかるが、襲われた当人の言い分を蔑ろにはできん。無論、異人の聞き違いということもあり得るがな」

「どうしてお役人が総出で異人の一件を調べるんです」

「いま異人が殺されれば、各国の役人が黙っていない。下手をすれば、沖に停まっている黒船から大砲の玉が飛んでくるぞ」

神奈川の海には常に何隻もの黒船が浮いている。あそこから大砲を撃たれれば、一たまりもないだろう。

いまは武士の上に「異人」という身分があるようだ。悔しさのあまり歯ぎしりすれば、二三郎は咳払いした。

「とにかく、我らは忙しい。望月たちが毒殺されたと言い張るなら、まずは己で調べてみろ。誰がどうやって毒を盛ったかわからぬうちは、我らが動くことはない」

お実乃は肩を落として部屋を出た。

五

台所に戻ると、お秀に思いきり睨まれた。睨まれる覚えのあるお実乃は見えないところに汗をかく。

「いままで何をしていたのさ。お客の具合がまた悪くなったのかい」

「いいえ、そんなことはありません」

「だったら、何をしていたかはっきり言ってごらん。あんたのことだ。また余計な真似をしたんだろう」

すべてお見通しだと言いたげなお秀の目つきが恐ろしい。

しかし、認めてしまったら、ますます立場が悪くなる。どうやってごまかすかと、お実乃は寝不足の頭で考えた。

「その、望月様たちのことではなく……異人斬りのお調べがどうなっているか、お尋ねしていたんです」

もっともらしい嘘をつくには、本当のことを混ぜるといい。そう教えてくれたのは久六だったか。二三郎に口止めされたのは「異人を襲ったのが轟組かもしれない」ということだけだ。そこに触れなければいいだろう。

お秀の目つきは緩むことなく、じっとお実乃を見据えている。まるでこっちの心の中を見透かそうとしているようだ。

「それで、新田様は教えてくれたのかい」

「あいにく、なかなか教えてくれなくて……根掘り葉掘り聞いているうちに時が経ってしまいました。お客のところに長居をしてすみません」

「当たり前だよ。宿の女中がお客を煩(わずら)わせてどうすんのさ」

「はい、申し訳ありません」

謝りはするけれど、「これから気を付けます」とは言わなかった。お秀は不機嫌もあらわに腕を組む。

「下っ端とはいえ役人があんたごときにペラペラしゃべるわけないじゃないか。そもそもどうして異人斬りのお調べについて知りたがるのさ。異人が何人斬られようと、痛くもかゆくもないだろう」

物見遊山の旅人は「異人は嫌い」と言いながら、めずらしさにひかれて横浜に行く。神奈川の飯盛り旅籠や料理屋はずいぶん客が減ったという。もちろん、雷屋もその影響は免れない。

お秀が異人を嫌うのは、そのせいもあるのだろう。お実乃はそっと目を伏せた。

「……横浜にはねえちゃんがいますから」

奉公人の身内のことは当然お秀も知っている。料理屋の客と揉めたというのは表向き、実のところは客に弄ばれ、捨てられたのだということも。

しかし、大店の跡取りと料理屋の女将が口を揃えて「女に非がある」と言いふらせば、表立って異を唱える者はいない。おかげでお実乃は奉公先探しに苦労した。

まず「身持ちの悪い姉がいる」せいで、年頃の跡取り息子や若い主人のいる店には相手にされない。中には姉の美貌を耳にして助兵衛心を抱いた主人もいたようだが、口入屋(くちいれや)からお実乃の容姿を聞かされると、一様に興味をなくしたらしい。

　このまま奉公先が見つからなければ、場末の女郎か飯盛り女に売られかねない。日増しに不安が大きくなる中、雇ってくれた仁八とお秀には感謝している。だから一所懸命に働いたし、「お実乃を雇ってよかった」と言ってもらえるのがうれしかった。

　お秀はこっちのそういう事情をすっかり忘れていたらしい。いま思い出したと言いたげに何度か目をしばたたく。

「ああ、そういうことかい。でも、あんたの姉さんは日本人口だろう。異人は関わりないじゃないか」

「ですけど、近頃は嫌な噂も聞きますから」

　実際、姉のことが心配で二三郎のところに行ったのだ。うつむいたお実乃の肩をお秀が叩く。

「噂で気を揉んでいたら身が持たないよ」

「はい」

「まあ、たったひとりの姉さんだ。あんたの目の下の隈が消えないのはそのせいだったんだね」

お実乃がやつれたのは姉が心配だからだと思ったのか、お秀の顔つきと口調が穏やかになる。そのとき、茶店のほうから声がした。

「二階のお客さんだよ」

どこか不機嫌そうな茶汲みの声に、お実乃は慌てて台所を出る。すると、お千代が奥の小座敷から顔を出し、「こっちだよ」と手招きしていた。

「こちらのお客さんが一晩泊まりたいんだって。それじゃ、あとは頼んだよ」

このままそばについていても金にならないと踏んだのだろう。お千代はさっさと小座敷を出る。日焼けした畳の上には白髪交じりの年寄りがうずくまり、脇には困り果てた顔の若い男がついていた。

「いらっしゃいまし。あの、どこかお悪いんですか」

「へえ、大旦那さんの腰痛がひどくなってもうて。こちらさんは茶店やけど、旅籠もやってはるそうどすな」

幸い、小座敷に他の客はいない。お実乃が「はい」と返事をすれば、相手の表情が明るくなった。

「いやあ、助かりました。大旦那さんはもう動けない、駕籠に乗るのもつらいと言わはるし、地獄に仏とはこのことや」

年寄りを「大旦那さん」と呼んでいるから、この男は奉公人か。下膨れの顔といささか調子のいい物言いがいかにも上方の商人らしい。

大旦那は腰の痛みが激しいようで歯を食いしばっている。お実乃は見かねて手を差し出した。

「あの、階段は上がれますか。部屋は二階なんですが」

「そりゃ無理や。このまま寝かせてくれ」

顔を上げた大旦那は情けない表情を浮かべている。

しかし、ここでは布団を敷いて横になることができないのだ。せっかく雷屋に泊まるのだから、早く横にならせてあげたほうが親切だろう。

さてどうしたものかと思ったとき、

「手前が負ぶって上がります」

連れの男が申し出たが、大旦那は不安そうだ。「友吉、ほんまに大丈夫か」としつこく念を押している。友吉は「大丈夫です」と胸を叩いた。

「これでも人足たちに交じり、米俵も担いでますんや。大旦那さんを背負うくらいたいしたことやおまへん」

下膨れの手代らしき男は筋骨たくましいわけではないが、見かけより力持ちらしい。だが、大旦那は納得しなかった。

「米俵は落としたかて大事ないけど、わしは落とされたら大事や」

「大丈夫ですって。神社の石段と違って何十段もあるわけやありまへん。女中さんは案内を頼みます」

埒が明かないと思ったのか、振り返った友吉に声をかけられる。うなずいたお実乃は二人の荷物を受け取ると、先に立って二階に上がった。

「すぐ布団を敷きますので、少しお待ちくださいまし」

手早く布団を敷き、大旦那が横になるのを手伝う。文字通り肩の荷を下ろしてから友吉は大きな息をつく。

「そやから、船にしましょうと手前が申しましたんや。腰の悪い大旦那さんに陸路は無理やて。明日は横浜に渡り、船で品川に参りましょう」

ずけずけと言われた大旦那は口をへの字に曲げている。相手の言うことがもっともなので、言い返せないでいるらしい。

「女中さん、神奈川から横浜へは渡舟が出ていますのやろ」

「はい、坂を下った宮ノ河岸から開港場への渡舟が出ています。ただし、横浜は何かと物騒だと聞きますから、気を付けたほうがいいですよ」

早手回しに付け加えれば、友吉は訳知り顔で顎を引く。続いて何か言おうとしたら、大旦那がうめくように遮った。

「やっぱりあかん。女中さん、按摩を連れてきてくれへんか」

「はい、近所に腕のいい按摩がおります。ここの火鉢に炭を入れたら、すぐに連れてまいります」

「いえ、火鉢はあとでかましません」

友吉に強い調子で言い返され、お実乃はちょっと戸惑った。「お茶もまだ」と言いかければ、「それもあとでかましません」と遮られる。

「わかりました。すぐに行ってまいります」

炭はお秀に頼もうと階段を降りれば、あいにく茶店を手伝っている。どうやら伊勢参りの講中が大勢でやってきたらしい。

かくなる上は早く按摩を連れてきて、自分でやるしかなさそうだ。前掛けもそのままで勝手口から出ようとしたら、戻ってきた久六と鉢合わせした。

「久さん、いいときに帰ってきてくれたわ。按摩の又市さんを呼んできて。二階のお客さんが腰を痛めているの」

お実乃が早口でまくしたてると、相手はたちまち不機嫌になる。

「俺はいま戻ってきたところだぜ。おめぇが行けばいいじゃねぇか」

いままでさんざん怠けておいて、よくそんなことが言えるものだ。お実乃は内心むっとしたが、言い争っている暇はない。

「だったら、あたしが行くからいいわ。その代わり竹の間の火鉢に炭を入れて、お客さんにお茶を出しておいて」

二階の客の世話は住み込みの奉公人の仕事である。ぶっきらぼうに言い捨てて、お実乃は按摩の住む長屋へ急ぐ。

目の不自由な相手を気遣いながらも急いで戻ってみれば、竹の間の火鉢は冷たいまま、お茶も出されていなかった。

まったく、久さんってば。客をほったらかしてどこにいるんだか。これが一泊二百文の扱いかと責められちまうよ。

だんだん暖かくなってきたとはいえ、腰を痛めた年寄りに火鉢の熱は必要だろう。お実乃は働かない下男を心の中で罵りつつ、客には愛想笑いを浮かべた。

「按摩の又市さんを連れてきました。又市さん、あとはお願いします」

「はい、それじゃ失礼いたしますよ」

又市が慣れた様子で横たわる大旦那の身体に触れる。お実乃はバタバタと階段を降り、熾した炭を手に竹の間に戻る。次いで友吉にお茶を出すと、下男を捜した。

久六は仁八が養子になる前から店にいるので、仕事を真面目にやらなくとも厳しいことを言われない。お実乃は面白くなかったが、自分の立場をわきまえてずっとこらえてきたのである。

しかし、今度という今度はもう黙っていられない。お実乃の堪忍袋の緒は寝不足で切れやすくなっていた。

「お内儀さん、久さんを知りませんか」

茶店の混雑はすでに落ち着き、お秀は台所に戻っていた。いつになく機嫌の悪いお実乃を見て片眉を撥ね上げる。

「何だい、怖い顔をして。今日のお客もおかしな手合いだったのかい」

「違います。それより久さんは」

「さっき芋と大根の泥を落として持ってくるように頼んだから、井戸端にいるんじゃないのかね」

大根や芋、根深の類は庭の隅に穴を掘って埋めてある。お秀の言葉に従って井戸のほうへ行ってみれば、久六が泥にまみれた芋と大根を足元に置き、一服しているところだった。

「久さん、ひどいじゃない。竹の間の火鉢に炭を入れて、お茶も出しておいてって言ったじゃないの」

「そういや、おめぇに頼まれていたっけ。お内儀さんから用を言いつけられて、すっかり忘れていたぜ」

謝りもせずに笑い飛ばされ、ますます頭に血が昇る。こんなところで一服する暇があるくせに、何が「すっかり忘れていた」だ。

「何でぇ、怖い顔をして。俺くらいの歳になると、うっかり忘れちまうことが増えるんだよ。おめぇだってこのところしくじり続きで、お内儀さんに叱られてばかりいるじゃねぇか。たかが客間の炭くらいでいちいち目くじらをたてるなって」

いつになくお実乃の機嫌が悪いからだろう。笑いを収めた久六が言い訳がましいことを言う。さらに「おめぇだって」と続けられれば、さらなる文句を言う気も失せる。

お内儀さんに頼まれた仕事だって真面目にやらねぇくらいだ。あたしなんかが何を言っても聞く耳なんて持つわけねぇべさ。

そうとわかれば、ここに立っている意味はない。お実乃が踵を返したとたん、焦ったような声がした。

「おい、旦那やお内儀に余計な告げ口をするんじゃねぇぞ。また港崎の話を聞いたら、おめぇに教えてやるからよ」

久六はお秀と違い、姉のことは知らない。しかし、お実乃がしきりと横浜や港崎のことを聞きたがるので薄々察しているようだ。

港崎のことが知りたければ、どれほど仕事を怠けても大目に見ろって言いてぇのか。久さんがここまで卑怯(ひきょう)だなんて思わなかったべ。

茶店や二階の客の口から横浜の話はよく出るけれど、女の前では女郎の話を控える男も少なくない。またお実乃は手習いをしていないので、瓦版から様子を知ることもできない。久六はその辺りの事情をすべて承知しているのだ。

人の弱みに付け込んで口止めするなんてずうずうしい。死んだ三人に毒を盛ったのは、この人じゃねぇのか。

歩き出したお実乃の頭にそんな考えが浮かんできた。

いままで「雷屋に下手人がいる」と思いつつ、「誰がやった」と決めつけることを避けてきた。

下手人は何の恨みもない人をたやすく殺せるような人物だ。誰かを「怪しい」と思うことがあっても、すぐに「まさか」と打ち消してきた。

久六はお実乃と同じ住み込みで、お秀や自分に次いで夕餉に毒を盛りやすい。これまでてこなかった。

「ひょっとして」と思ったことは何度もあった。しかし、疑ったら悪い気がして深く考えてこなかった。

久さんはご隠居さんと仲がいい。まんまと養子に収まった旦那さんを妬ましく思っていたんじゃねぇか。

何しろ口癖が「勘当にさえなっていなければ」の久六だ。己の歳も考えず、自分が雷屋を継ぎたいと思っていたのかもしれない。仁八に渡すくらいなら、いっそ潰してしまえと考えたのではなかろうか。

降ってわいた思いつきは、夏の夕立雲のように瞬く間に大きくなる。このままでは仕事なんてとても手に付きそうにない。お実乃は足の向く先を厠に変えることにした。

三人が死んだときだって、久六は二階に来なかった。これまでは「面倒を避けたのだろう」と勝手に納得していたが、実は後ろめたかったのか。

そうだ、そうに違いねぇ。自分が殺した相手に合わせる顔がなかったんだべ。でなきゃ、何事が起きたかと見に来るはずじゃねぇか。

考えれば考えるほど久六への疑いが深まっていく。お実乃は二三郎から言われた言葉を思い出した。

——望月たちが毒殺されたと言い張るなら、まずは己で調べてみろ。誰がどうやって毒を盛ったかわからぬうちは、我らが動くことはない。
誰の仕業かはっきりすれば、二三郎たちも動いてくれる。久六がどうやって毒を盛った
のか、お実乃は厠の中で考え始めた。
末五郎の夕餉ができ次第、久六は隠居部屋に運んでいく。そのまま相伴に与ることも
多いので、隠居部屋に行く前に客の膳に毒を盛ることになるけれど、
「……そんなことできるべか」
厠の中で腕を組み、お実乃はぽつりと呟いた。
残り物がお菜の奉公人と違い、末五郎の膳は客より早く用意される。久六はお菜が冷め
ないうちに隠居部屋へ運ぶため、客の膳ができあがるのを待っている暇はない。
死んだ三人が夕餉の後に死んだから、「毒は夕餉に盛られた」と勝手に思い込んでいた。
希一だって「客の膳に毒を盛れるのはあんただけだ」とお実乃を責めたが、本当は他のも
のに毒が盛られていたのではないか。
酒ってことはあり得ねえ。望月様たちは最後の晩、酒を飲まなかった。あとはお茶しか
ねえけんど、夕餉のお茶はお客が淹れるし……。
もう少しで答えが出そうなのに、最後の答えが出てこない。お実乃は腹立ちまぎれに唸
ってしまう。

しかし、これ以上厠にこもっていたらお秀にまた叱られる。いまはこれきりと諦めて台所に戻ることにした。

「お実乃、あんたはどこに行って……もしかして厠かい？」

こもっている間ににおいが着物に付いたらしい。お秀に顔をしかめられ、お実乃は恥ずかしくなった。

「すみません。そんなににおいますか」

「まあ、鼻が曲がるほどじゃないけどさ。あんた、竹の間の火鉢に鉄瓶をかけてないだろう」

そういえば、炭を入れただけだった。目を瞠ったお実乃にお秀が顎をしゃくる。

「客間用の鉄瓶が三つも残っているからおかしいと思ったんだよ。ほら、早く持っていっておやり」

客間の火鉢に炭を入れ、鉄瓶で湯を沸かすのは客が来てからである。いまは菊の間と竹の間に客がいるので、台所の鉄瓶は二つのはずだ。

強く叱られなかったことにほっとしながら、お実乃は鉄瓶を持って竹の間へ。声をかけて襖を開けると、揉み療治はまだ続いていた。

「すみません。火鉢に鉄瓶をかけさせてください」

「ああ、ちょうどよかった。お替りが飲みたかったところです」

揉み療治を見ているだけの友吉は手持ち無沙汰らしい。お実乃は湯呑を受け取り、にっこり笑った。

「それなら階下で淹れてきます。鉄瓶の湯が沸くまでだいぶかかりますから」

茶店が開いている間、台所の釜はつねに湯が沸いている。お実乃は柄杓で湯を汲んで、急須に入れようとして閃いた。

毒はきっと客間の鉄瓶に入っていたのだ。

老婆が死んだ晩、梅の間には客がいなかった。久六は梅の間に忍び込み、菊の間の客が外に出るのを待っていたに違いない。

菊の間の老婆は足をくじいていたけれど、年寄りはすぐ厠に行きたくなる。当然息子もついていくから、部屋は空になるときがあったはずだ。望月たちは昼間部屋にいないから、よりたやすかったろう。

死んだ三人は毒入りとは知らないで鉄瓶の湯でお茶を淹れたんだ。棟梁は酒を飲んでいたから、お茶を飲まなかったのか。

これですべて筋が通ると、お実乃は内心手を打った。はやる気持ちを抑えて友吉にお茶を出し、その足で菊の間へ向かう。「失礼します」と襖を開ければ、二三郎が迷惑そうにこっちを見た。

「今度は何だ」

「三人に毒を盛った下手人とその手口がわかりました」

お実乃は声をひそめつつ、誇らしい気分で口にする。二三郎は迷惑そうな表情のまま、

「話してみろ」と促した。

「下手人はこの店の下男の久六です。毒は夕餉の膳ではなく、客間の鉄瓶に入っていたと思います」

続いて自分の考えを事細かに説明する。相手は黙って聞いていたが、最後に「その考えはおかしい」と言い出した。

「どこがおかしいんですか。筋は通っているはずです」

久六の外(ほか)に「誰が死んでもいい」なんて考える者はいない。お実乃がむっとして言い返すと、二三郎はかぶりを振った。

「ここの下男は白髪交じりだ。この店が潰れたあと、たやすく次の奉公先を見つけられるとは思えない。人を殺して金が得られるというならともかく、自分で自分の居場所を潰そうとするだろうか」

「そ、それは……旦那さんへの妬みが高じて後先を考えていないからじゃ……」

かろうじて言い返したものの、さっきまであった自信は早くも揺らぎ始めていた。お実乃の動揺を見透かすように、二三郎は言い募る。

「おまえの言葉通りなら下男は三人も殺している。ひとり目が死んだあとだって、考える暇はあったはずだ」

「考える暇があってもちゃんと考えない人だっています。あたしの知る久さんはよろずいい加減な人なんです」

「いい加減な人のわりに、やり方は手が込んでいる。それに、ここの主人が身代を継いだのは昨日今日のことではあるまい。どうして下男はいまになって人を殺して店を潰そうと思ったんだ」

二三郎は見かけによらず口の減らない人だった。よどみなくおかしな点を並べられ、お実乃は歯を食いしばる。

「どうせ下男と言い争いでもしたんだろう。その程度のことで人殺しの疑いをかけては気の毒だぞ」

そのいかにも訳知りな口ぶりがお実乃の逆鱗(げきりん)に触れた。こっちだって端(はな)から希一に下手人扱いされている。

「だったら、誰の仕業だって言うんです。望月様たちが自害するはずないんだから、誰かが毒を盛ったんでしょう」

異人のことばかり優先して、日本人を顧みない役人にえらそうな顔をされたくない。

嚙みつく勢いで言い返すと、二三郎はわずかに気圧(けお)された様子を見せる。それから火鉢に目をやった。

「誰の仕業かはともかく、夕餉以外に毒を盛られたというのはいい目の付け所かもしれん。しかし、本当に誰でもよかったのか……」

「雷屋の泊まり客は行きずりばかりで、何度も泊まる人はめったにいません。初対面の客に毒を盛るのは、誰でもいいってことじゃありませんか」

「だが、客間の鉄瓶に毒を盛れば、死ぬのはその部屋の客だろう。だったら、誰でもいいわけじゃない」

落ち着いた声で言い返されて、お実乃はふと考える。

ならば、なぜ老婆と望月たち——歳も性別も身分も違う三人を下手人は殺したのか。そのことを聞こうとしたとき、二三郎が手を打った。

「夕餉のときは急須や茶筒を部屋に置いていったな。毒を盛るのは鉄瓶ではなく、茶筒でもいいのではないか」

「どうして茶筒なんですか。鉄瓶のほうが毒を入れやすいでしょう」

泊まり客に出す最初のお茶は、お実乃が台所で淹れて客間に運ぶ。夕餉のときは急須や茶筒を持っていき、食べ終わった膳と一緒に下げてしまう。

ずっと火鉢にかけてある鉄瓶と違い、茶筒は常に客間にあるわけではない。不満もあらわに訴えれば、二三郎がかすかに誇らしげな顔をする。

「無味無臭無色という毒はめったにないものらしい。急須に湯を注いだときに妙な色やにおいがしたら、おかしいと思うはずだろう。鉄瓶の湯がにおうから替えてくれと頼まれた覚えはあるか」

「……………」

「茶葉なら色や香りが濃い。毒が混ざっていてもわかりにくいだろう」

毒に色や香りがあるなんて思ってもみなかった。お実乃は悔しいながらも感心し、あることを思い出す。

「さすがに御奉行所のお人は違いますね。言われてみれば、三人が亡くなった翌朝は茶葉がやけに減っていました」

あのときは「客が茶葉をこぼしたか、奉公人がくすねたのだろう」と思ったが、いま考えれば不自然だ。二三郎がさもあらんと腕を組む。

「死人が出た部屋の茶筒が空になっていたのか」

「いいえ、どの部屋の茶筒も茶葉がやけに減っていたんです」

お実乃の言葉に二三郎が一瞬目を瞠り、二度三度まばたきする。

「では、毒入りの茶葉を捨てたのち、他の茶筒の茶葉を足したのだろう。茶筒は普段台所にあるのか」

「はい。台所には誰でも入ることができますし、客用の茶筒は二階の客が使う器や膳のそばに置いてあります」

茶店の奉公人でも恐らく見当はつくだろうが、お実乃は久六への疑いを捨て去ったわけではない。いつ茶筒に毒を盛られたかを考える。

夕餉の膳と違い、茶筒は暮れ六ツから五ツ半を除けば台所の棚に置いてある。人のいないときに毒を盛るのはたやすいが、問題は毒入りの茶葉をいつ捨てるかだ。

三人が死んだ翌日、あたしが茶筒を開けたときにはもう少なくなっていた。恐らく下手人は真夜中に毒入り茶葉を捨てたんだべさ。

台所の隣で寝起きしているお実乃だが、望月たちが亡くなるまでは寝つきがよかった。おまけに夢も見ないくらい熟睡していたので、台所でおかしなことをされていても気付かなかったと思われる。

そんなことができるのは、住み込みの久六しかいない——お実乃はそう納得しかけ、茶筒を台所の外に持ち出せば、昼間でも毒入り茶葉は捨てられる。茶店の奉公人が茶筒や茶葉を手にしていても不審に思う者はいない。

久六を下手人と決めつけるのは間違いのもとになりそうだ。じっと考え込んでいたら、

「とりあえず茶筒を見せてくれ」と二三郎に頼まれた。

こんなことになるのなら、握り飯の皿と一緒に下げなければよかった。急いで台所に戻り茶筒を手に取ろうとしたら、お秀の厳しい声が飛んだ。

「あんたはまた二階で長居をして……手に何を持ってんのさ」

「あ、あの、菊の間のお客さんからお茶を飲みたいと言われたので」

つかえながらも答えたとたん、お秀の目つきが剣呑になる。

「喉が渇くほど話し込んでいたのかい。今度は何の話をしていたんだか」

「それはその……暇つぶしの話し相手でたいしたことは話していません。あの、お替りがいりそうなので急須と茶筒を持っていきます」

いささか苦しい言い訳を並べ、お実乃は逃げるように二階に戻った。

「お待たせしました。これが菊の間の茶筒です」

二三郎の考えが当たっていれば、この中に毒が入っていたことになる。いまさらながら

恐ろしくなったお実乃と違い、茶筒を受け取った二三郎は不思議そうな顔をした。

「これが菊の間の茶筒ということは、部屋ごとに茶筒が決まっているのか」

「はい、見た目はどれも一緒ですけど、底に印があるんです」

木でできた茶筒は何年も前から使われているが、底に部屋ごとの印をつけたのはお実乃である。

「奉公を始めたばかりの頃、茶筒をひとつ持っていくのを忘れてしまって。その日はすべての部屋にお客がいたので、一部屋ずつ茶筒があるか確かめて回りました」

そのしくじりに懲りたお実乃は茶筒の底に印をつけた。そうすれば再び茶筒を忘れても、底を見るだけで持っていくべき客間がわかる。

二三郎は「なるほど」と呟き、蓋を押さえてひっくり返した。

「ああ、これか……って、これは何だ」

「何って菊ですよ。見ればわかるじゃないですか」

むっとして言い返せば、相手は鼻の付け根にしわを寄せる。

「これが菊か。わたしには箒にしか見えないが」

「それは逆さまに見るからです。上下を逆にすれば、ちゃんと菊に見えます」

「そうか？　向きを変えても菊というより……」

茶筒をぐるりと回しても、二三郎は菊に見えないらしい。怪訝そうに呟いて、次の瞬間立ち上がった。

「おい、松の間の茶筒を持ってこい。いますぐだっ」

その剣幕に驚いて台所へ飛んでいく。お秀が竈の前でしゃがんでいるのをいいことに、客間の茶筒をすべて抱えて二階に急ぐ。二三郎は茶筒の底をひとつずつ確かめた。

「梅と竹はかろうじてわかる。この雲のようなのが松なのか」

「そうです。着物の柄にもよくあるでしょう」

小刀で彫ったから、滑らかな曲線は難しかった。ちょっと見にはわかりづらいかもしれないが、松、竹、梅、菊のいずれかと思えば、苦もなく見分けがつくはずだ。二三郎は真剣な表情で松の間と菊の間の茶筒の底を見比べ、ややしてうめくように言う。

「先月晦日の晩も望月たちは泊まっていたか」

「はい。ここにいらっしゃったのは、その前の日ですから」

「ならば、晦日の晩に死んだという年寄りは間違って殺された恐れがある」

その「間違って」とはどういうことか。三人は運悪く毒入りの茶を飲み、死んだのではなかったのか。

お実乃がとまどっていると、二三郎は茶筒を置いて額を押さえた。

「下手人は望月たち、つまり松の間の客を殺したかった。ところが、松と菊を間違えて、菊の間の茶筒に毒を盛ったのかもしれん」

「そんな……」

その考えが当たっていれば、老婆はまさしく殺され損だ。息子の嘆きを思い出し、お実乃は胸が痛くなった。

「でも、どうして望月様たちが狙われたとわかるのですか」

望月たちに金はなく、仇討ちだって出まかせだ。何の取り柄もない浪人を手間暇かけて殺す意味があるのだろうか。

「騙りを働くようなやつらだからこそ、他にも悪事を働いていたかもしれない。刀が真剣だったのは追剝や脅しに使うためとも考えられる」

「まさか」

望月も渋谷もそんな人でなしには見えなかった——お実乃はそう言いかけて、すんでのところで思いとどまる。二人が口から出まかせを言い、宿代を踏み倒そうとしていたのは間違いない。人は見た目によらないものだ。

「もしくは酒に酔って人を傷つけたり、女を手籠めにしたことがあったかもしれん」

「それは……」

「やったほうは忘れていても、やられたほうは死ぬまで覚えているものだ。二人に傷つけられた者の身内がたまたまここで奉公していたら……仇を討ちたいと思ってもおかしくないだろう」

二三郎の推測はお実乃の痛いところを突いた。

確かにそれはあり得る話だ。お実乃自身、姉を裏切った若旦那が雷屋に現れたら、黙ってなんかいられない。相手の態度次第では、我が身の危険を顧みず殺そうとするだろう。

だが、その推測が正しいと決まったわけではない。頭を抱えて考え込めば、二三郎が苦笑する。

「若い娘がそんな顔をするな。むしろ、よかったではないか」

「何がです」

いままでの話でよいところなんてなかったはずだ。お実乃が険しい目を向けると、若い同心は顎をかく。

「下手人の狙いが望月たちなら、これから人が死ぬことはない。おまえと雷屋にとってはよいことだろう」

それはそうかもしれないが、喜ぶ気にはなれなかった。

二三郎の見立てが正しければ、巻き込まれて死んだ老婆があまりにも気の毒だ。もし仇討ちだったとしても、下手人は罪のない人を殺しておいて何とも思っていないのか。

そんなことじゃ、身内に無体を働いた連中とおんなじだ。

今度は自分が大工の棟梁に殺されたって文句なんか言えねぇべ。

真相が見えたつもりで菊の間に来たのに、何だか振出しに戻ったみたいだ。うなだれるお実乃に二三郎が呆れたような声を出す。

「しかし、おまえは変わっているな。誰に頼まれたわけでもないのに、いるかいないかわからない人殺しを突き止めようとするなんて。下手に下手人を突き止めれば、今度は己が命を狙われるかもしれないぞ」

「なら、見て見ぬふりをしたほうが安心だとおっしゃるんですか。人殺しはあたしのすぐそばにいるかもしれないのに」

「だが、取り越し苦労かもしれん。骨折り損のくたびれ儲けと昔から言うではないか」

二三郎は意外に年寄りくさい口をきく。恐らく、こういう考えを多くの大人がするのだろう。

だが、物わかりのいい連中ほどいざというときに頼りにならないと、お実乃はちゃんと知っている。

姉が若旦那と恋仲だったとき、何度か相手の態度や言うことに不審を覚えたことがあったという。それなのに二人の仲を喜んでいる父や奉公先の女将の期待に応えたくて、目をつぶってしまったとか。もっと早く相手の本性がわかっていれば、傷は浅くてすんだはずだ。

もっとも、そんな身内の事情を二三郎に告げるつもりはない。下っ端とはいえ人の上に立つ幕臣に下々の生きづらさなどわかるものか。

あたしはねえちゃんの二の舞はしねぇ。周りの思惑に流されてひどい目に遭うくらいなら、自分で自分の首を絞めたほうがまだましだ。

土壇場になれば、人は誰だってひとりなんだから。

そんな思いを胸に秘め、お実乃は「わかりました」と頭を下げた。

六

雷屋は暮れ六ツ前に店を閉め、茶店の奉公人もみな帰してしまう。

泊まり客に出す夕餉はちょうどその頃でき上がる。通いの連中が毒を盛るのは難しいが、台所に置かれた茶筒なら隙を見て毒を盛れるだろう。何より、二三郎が語った理由――手籠めにされた身内の仕返しは、いかにもありそうな話である。

それに、お内儀さんや久さんなら、松と菊を間違えたりしねぇ。二人からその話を聞いたか、茶筒の底の印に気付いた誰かが勘違いしたんだべ。

お実乃は茶汲み女にも疑いの目を向け出した。

もし二三郎の見立て通りなら、人殺しとして突き出すつもりはない。しかし、枕を高くして眠るためにも下手人を突き止めて、どうしてそんなことをしたのかきちんと聞いておきたかった。

雷屋の茶汲み女は五人、歳の多い順にお千代、お時、お常、お香、お初という。他にそば打ちのお留というばあさんもいる。

お留ばあさんはともかく、五人の茶汲みの姉妹ならきっと器量よしだろう。お実乃はこの六人から遠回しに「不幸な死に方をした身内の有無」を聞き出そうとしたのだが、

「いま忙しいって、見てわかんないのかい」

「用があれば、こっちから声をかけるから。黙っててちょうだいよ」

手伝いをするのが忙しいときだけのせいか、なかなか話が進まない。

言いたいことが言えたときも、「あんたには関係ないだろう」と睨まれるか、「何でそんなことを聞くのさ」と怪訝な顔で問い返されて、お実乃はごまかすのに苦労した。

親しくない人間がいきなり立ち入ったことを聞けば、警戒されて当然だ。しくじったと

気付いたときは、すでに後の祭りである。

ならば主人夫婦から聞き出そうと思ったが、こっちも藪蛇になる恐れがある。それでなくともしくじり続きで、お秀に睨まれているところなのだ。お実乃は頭を悩ませつつ、日々の仕事に追われていた。

暦が進むにつれて巷は暖かくなっていく。東海道を行き交う旅人の数も目に見えて増えていった。

だが、春の天気は変わりやすい。特にこの辺りは海に面した高台のため、春は一際風が強く、晴れたり曇ったりを繰り返す。今日も九ツ（正午）まで晴れていたのに、だんだん風が強くなり肌寒くなってきた。

「日が陰ってきたな。こりゃ、急いだほうがよさそうだぜ」

「そうだな。渡舟が出なくなったら厄介だ」

「陸路は遠回りになるからな」

雷屋の床几に座っていた五人連れが空を見上げて立ち上がる。そばにいたお千代とお初は顔色を変えて引き留めた。

「行先が横浜なら、慌てることはありませんよ。舟に乗ったらあっという間に着いちまいます」

「そうですよ。いま座ったところじゃありませんか。お茶のお替りはいかがです」

歳を取った分だけ口が立つお千代と、若くて客を呼べるけれど、話が続かないお初。二人は互いに補い合って客の相手をしているようだ。

心づけをもらう前に立ち去られては、茶汲み女の面目に関わる。二人は鼻にかかった声を出したが、男たちの動きは止まらなかった。

「いや、長居をしている暇はねぇ」

「茶代はここに置いとくぜ」

未練を見せずに歩き出す背中をお千代とお初は睨みつける。そんな二人にお実乃が声をかけようとしたとき、思いがけなく希一が戻ってきた。

今日に限って何でこんなに早いのか。焦るお実乃とは裏腹に、お初とお千代が目を輝かせる。

「あら、二階のお客さん」

「ねえ、お茶を飲んでお行きなさいな」

甘い声で誘われても、希一は返事をしなかった。

今日は二月十四日、希一が権藤たちと共に雷屋の二階に泊まってもう十一日目だ。いままでずっと暮れ六ツ前に戻っていたので、仕事上がりの茶汲み女とすれ違うこともあっただろう。

その証拠に、他の茶汲み女も自分の客をほったらかして、熱っぽい目を希一に向けている。不機嫌なのは、内心青くなっているお実乃だけだ。

「そんなに邪険にしないで」

「少しお話ししましょうよ」

お千代とお初は食い下がるが、希一はやはり口をきかない。つれない相手に苛立って、お千代が鰹縞の袖を捕えた。

「一体、おまえさんたちは何をしているのさ。ことによっちゃ、あたしのところに泊めてやってもいいんだよ」

ねっとりとしたまなざしにも希一の表情は変わらない。ため息をついて立ち止まり、お千代に冷たい目を向ける。

「手を離してくれ」

並みの娘ならたちまち怯(ひる)むところだが、薹(とう)の立った茶汲み女はちょっとやそっとじゃへこたれない。媚(こ)びを含んだ笑みを浮かべて、さらに希一にすり寄った。

「そう言わずにさ。あたしの家はすぐそばだよ」

「いいから離せっ」

希一は勢いよく腕を引いて、しつこい女を振り払う。ところが、お千代は絶対に離すものかとしっかり袖を摑んでいたらしい。ビリっと嫌な音がして、袖の付け根が裂けてしまった。

成り行きを見守っていた他の客は目を丸くして息を呑む。束の間の沈黙のあと、先に声を出したのは般若(はんにゃ)と化した希一だった。

「このアマ、何しやがるっ」

「あ、あたしはそんなつもりじゃ……」

整った顔が怒りに歪み、ようやく袖を離したお千代はみっともなく震えている。お実乃がどうしたものかと思っていると、折よく仁八が飛び出してきた。

「うちの奉公人がとんだ粗相をいたしまして申し訳ありません。お腹立ちとは存じますが、すぐに繕(つくろ)わせますのでご容赦ください。おい、お実乃」

いきなりお鉢が回ってきて、お実乃は顔をこわばらせる。

何で、あたしが繕ってやらなきゃいけねぇんだ。向こうはあたしを人殺しだと思ってんだぞ。

とはいえ、奉公人の悲しさで口に出して文句は言えない。ならば、希一に断ってもらおうと思ったが、意外にも色男は仏頂面で黙っている。お実乃は大きなため息をつき、希一と共に二階に上がった。

「それじゃ、着物を脱いでください」

「このまま縫えばいいだろう」

いきなり無理難題を吹っ掛けられ、お実乃は早くもうんざりした。

「単衣(ひとえ)の袖口を繕うならともかく、綿入れの袖の付け根は着たまま縫い合わせられません。ほら、とっとと脱いでください」

それくらいのことは言わなくたってわかるだろう。いっそ、着物の袖を希一の肩に縫い付けてやりたくなってしまう。これ見よがしにため息をつけば、希一の口がへの字に曲がった。

「あんたが縫っている間、こっちは襦袢(じゅばん)一枚で震えていろと言うのかい。風邪をひいたらどうするのさ」

負けじと言い返されてしまい、お実乃はしばし考えて掻(か)い巻きを渡してやった。

希一も盛大にため息をつき、着物を脱いだ。

「まったく、ひどい目に遭った。旅籠の留女(とめおんな)じゃあるまいし、茶汲み女に袖を破かれるとは思わなかったわ」

街道沿いの旅籠の留女の中には、男に負けない力持ちがいるという。これと見込んだ旅人は力ずくで宿に連れ込まれるとか。

そういう文句はお千代に言って欲しいと思いつつ、お実乃は鰹縞の着物からはみ出している綿を戻す。

「女中だって口の利き方を知らないし」

「はあ、すみません」

「茶汲み女は、器量と愛想のよさが売りものでしょ。この店は一体どうなっているんだい」

「はあ、すみません」

しつこい文句に口先だけの詫びを言い、お実乃は針箱から糸を取る。着物は濃紺の鰹縞だし、黒の木綿糸で平気だろう。

「ちょっと、あたしの話を聞いてるのかい」

「はあ、すみません」

「すみませんじゃないよっ。この店の奉公人はどいつもこいつもなっちゃいないね」

針に糸を通しながら謝ったのが気に入らなかったようである。希一に声を荒らげられ、お実乃はまた「すみません」と謝った。

「ふん、あんたの『すみません』は聞き飽きたよ」

「そう思うなら、少し黙っていてくださいな」

「何だって」

「こういうところの奉公人は客に文句を言われると、ひとまず謝るものですから。横からごちゃごちゃ言われると、余計に時がかかるし、縫い目も揃いません」

機嫌を取るのも面倒になり、お実乃は本音を口にする。すると、希一はおとなしくなり、お実乃は縫いながら考えた。

そういえば、ここ何日か希一に絡まれた覚えがない。さては、殺しの疑いが晴れたんだろうか。

きっとそうだと思ったとたん、針の動きが速くなる。小半刻もしないうちに縫い終わり、最後に玉止めして糸を切った。

「はい、できました」

袖の偏った綿を直してから、お実乃は着物を広げて渡す。繕ったところに目をやって、希一がまんざらでもない顔をした。

「思っていたより上手いじゃないか。これなら妙な女に袖を引かれても、破れることはなさそうだね」

言い方がひねくれているものの、ほめ言葉には違いない。希一はすぐ鰹縞の着物に袖を通した。

「ところで、今日はやけに戻りが早いですね。権藤様たちもそろそろお戻りですか」

「あたしは忘れ物を取りに戻っただけ。またすぐに出かけるよ」

「そうですか」

お実乃が「何を忘れたのか」と聞かなかったのは、たぶん嘘だと思ったからだ。本当に必要なものを忘れたのなら、昼前に取りに戻っただろう。

ここは話を変えようと、期待を込めて希一に尋ねた。

「そういえば、あたしの疑いは晴れたんですか」

「何だい、急に」

「前はあたしの顔を見ると、『あんたがやったんだろう』とか『騙されないぞ』って言っていたじゃありませんか。それを言わなくなったってことは、あたしの無実が明らかになったってことでしょう?」

「そんなんじゃないよ」

お実乃の期待はあっという間に砕け散った。

「異人斬りのほうの探索が忙しくて、食い詰め浪人のことまで構っていられないだけさ。旦那は端から自害で片付けるつもりだし、あたしもどうでもよくなってね」

自分が人殺しと思われるのは心外だが、「どうでもよくなった」と言われるのも心外である。お実乃の眉間にしわが寄った。

「異人が襲われた一件は大勢で調べているのに、それでも忙しいんですか」

「異国の役人がしきりと幕府を急かすのさ。いままで異人を襲った攘夷派はほとんどお縄になっていないから」

その他人事（ひとごと）のような言い方にお実乃はますます苛立った。

希一は権藤の手下なのだから、権藤の言葉に従うのは当然だ。だが、殺されたに違いない三人の無念はどうなるのか。特に巻き添えで殺された老婆があまりにも気の毒だ。

それに幕府が異人の言いなりでは、異人が女郎に無体な真似を働いても見て見ぬふりをされそうだ。知らず、声が大きくなった。

「あたしが怪しいと思うなら、権藤様が何と言おうと自分で調べてみればいいでしょう。どうして探ってみないんですか」

こっちに後ろ暗いところはないのだから、むしろ調べてもらいたい。そして、真の下手人を突き止めて欲しいと訴えれば、希一が面白そうに口の端を上げた。

「ずいぶん強気なことを言うじゃないか。前にも言ったが、あんたが一番毒を盛りやすいのは間違いないんだ」

「それは夕餉の膳の話でしょう？　客間の茶筒に毒を入れることは、あたしでなくともできますよ」

「……何だって」

怪訝な顔で問い返されて、お実乃は二三郎の考えを自分の思いつきのように口にした。同じ部屋で寝起きしている仲間に黙っているほうが悪い。

「味がなくて、においがなくて、色がない毒はめったにないんですって。だったら、夕餉の膳や鉄瓶の湯に毒を盛るより、色とにおいと味の濃い茶葉に混ぜたほうが気付かれないわ」

「なるほど、そう言ったのは新田様か」

あっさり見破られてしまい、お実乃は口を尖らせる。一方、希一は不思議そうに首をかしげた。

「仮にそうだったとしても、死んだ三人はあんたにとって赤の他人じゃないか。どうしてそんなにむきになるのさ」

「だって、悔しいじゃないですか。年寄りだから、貧乏人だからって蔑ろにされて。あたしはそういうのが大嫌いなんです」

「へぇ、あんたも痛い目に遭ったことがあるらしいな。あたしに詳しく話してみろ。場合によっては力を貸してやろうじゃないか」

今度はお実乃が怪訝な顔をする番だった。

希一はなぜ急にそんなことを言い出したのか。

姉の身に起こったことはたいしてめずらしくない話である。ここで打ち明けたところで、「それくらいで大げさな」と鼻で笑われるかもしれない。

いや、かつて身を売っていた希一なら、そんなことをしないはずだ。お実乃は腹をくくって口を開いた。

「あたしのねえちゃんは金持ちの息子に騙されて身籠った挙句、子おろしの薬を飲まされ、捨てられました。それなのに、世間はねえちゃんを悪く言うんです。あばずれが父親のわからない子を孕(はら)み、金持ちの息子を強請ったって。奉公先の女将も本当のことを知っていながら、客に迷惑をかけた奉公人としてねえちゃんをお払い箱にしました。ねえちゃんは貧乏だから、いいように踏みつけにされたんです」

まくしたてている間、相手の顔は見なかった。この話を始めると、当時のことを思い出して鼻の奥がツンとする。

「望月様たちは仇討ちを騙ったり、宿代を踏み倒そうとしたかもしれません。でも、殺されたかもしれないのに、偉い人の都合で自害と決めつけられるのはおかしいでしょう。下手人が枕を高くして寝ていたら、望月様たちだって成仏できません。あたしはただ本当のことをはっきりさせたいだけなんです」

最後まで言ってから希一のほうに目を向ければ、整った顔にはいつになく真剣な表情が浮かんでいた。

「それで、あんたの姉さんはいまどうしてんのさ」

「……港崎にいます」

お実乃の返事を聞いて、希一が息を呑む音がした。

「子が流れたとき、ねえちゃんは死にかけたんです。元気になってから何度も『死にたい』って言いましたけど、自害はできませんでした」

そんな姉を知ればこそ、望月たちが自害したとは思えなかった。

人は生まれながらに「生きたい」と思っている。ちょっとやそっとの絶望では大事な命を手放せない。雷屋で何日か望月たちを見ていたが、姉より深い絶望を抱えているとは思えなかった。

「つまり、あんたは望月たちと姉を重ねて憤っているわけか」

意外にも、やけに神妙な顔つきで希一が言う。

茶化されないのはよかったけれど、何だか調子が狂ってしまう。これは期待できるかと思いきや、希一は不意にそっぽを向いた。

「あんたの気持ちはわかったけど、さっきも言ったようにいまはそれどころじゃないんだよ」

「でも、話したら力を貸してくれるって」

姉の話を聞いていたときの真剣な顔つきは何だったのか。約束が違うと詰め寄れば、相手は口の端をつり上げた。

「場合によっては、と言ったじゃないか。姉の仇を雷屋で討ちたいなら、自分の手でやることだね」

「わかりました。もういいです」

こんなやつの着物を繕ってやるんじゃなかった。

お実乃は内心歯ぎしりしながら針箱を手に立ち上がる。足音も荒く台所に戻れば、お秀が驚いた顔をした。

「何を怒っているんだい。あの男に何かされたのかい」

「そんなんじゃありませんっ」

「ならいいけどさ。これを大旦那のところへ持っていっておくれ」

煎餅の入った菓子鉢を受け取り、お実乃は母屋の端の隠居部屋に行く。

さっきよりもさらに雲が増え、風も強くなってきた。この調子だと今夜は荒れるかもしれない。

「ご隠居さん、煎餅を持ってきました」

声をかけて襖を開ければ、末五郎がいつものように揺れる松の木を眺めていた。その横顔はやっぱり鼠に似ていた。

「お茶を淹れますか」

「ああ、おまえの分も淹れるといい。少し話がある」

この隠居部屋で毎日のように他愛のない話をしてきたけれど、お実乃の分も茶を淹れろと命じられたことはない。どんな話をするのだろう。

お実乃がお茶を差し出すと、末五郎に「おまえもお食べ」と煎餅を渡された。

「一時より少しマシになったが、まだ目の下の隈が残っているな。お実乃は何をそんなに悩んでいるんだ」

「……悩んでいるわけじゃありません。このところ寝つきが悪くって」

作り笑いで答えたが、年寄りはごまかされてはくれなかった。案じるような目つきでお実乃の顔をじっと見つめる。

「隠さなくともいい。仁八やお秀に言いづらいことなら、この老いぼれに話してみろ。何を聞いても告げ口はしないと約束するから」

親身な言葉を続けられ、お実乃は唾を呑み込んだ。

足の悪い末五郎は隠居部屋から遠い台所に近寄らない。もちろん二階の客間にも近寄らないから、雷屋の中でもっとも怪しくない人物だ。

仁八は望月たちが自害したと隠居に伝えている。お実乃も聞かれたことはあったけれど、主人夫婦に遠慮して適当に言葉をにごしてきた。

うっかり「雷屋に人殺しがいるかもしれない」なんて伝えたら、情け深い末五郎は頭を悩ませるだろう。仁八やお秀に睨まれて、暇を出されてしまいかねない。

しかし、小娘の言い分は相手にしない役人も、商家の隠居の言葉なら取り合ってくれるはずだ。希一も手を引いたいま、末五郎の力を借りるしかない。

ご隠居さんならあたしの言い分をわかってくれる。旦那さんがあたしに暇を出そうとしても、止めてくれるに違いねぇ。

向こうから聞いてくれたのに、いま言わなくていつ言うんだ。

ありったけの勇気を奮い、お実乃は己の考えを打ち明ける。末五郎は最後まで口を挟まずに聞いてくれた。

「では、望月様たちは自害ではなく殺されたと?」

「そうでなければ、自害した人と病で死んだ年寄りがそっくりな死に方をするはずがありません。三人は同じ毒で殺されたんです。旦那さんやお内儀さんも薄々わかっていると思います」

事を荒立てたくなくて、気付かぬふりをしているだけだ――震える声の訴えに末五郎は目をつぶって考え込む。ややして目を開いてお実乃を見た。

「菊の間の年寄りが死んだとき、望月様たちは松の間に泊まっていたな」

「はい」

「だったら、わしが思いつくのはひとつだけだ。自害したという浪人たちが老婆に毒を盛ったんだろう」

予想外の言葉にお実乃は目を剝いた。

「どうしてそう思うんですか」

「わしはこの店の中に人殺しがいるとは思えない。自害した望月様たちと菊の間の年寄りが同じ毒で死んだのなら、望月様たちがあらかじめ毒の効き目を確かめたとしか考えられん」

「まさか……毒の効き目を確かめたくて、見ず知らずの人を殺すなんて……」

その考えが正しければ、望月たちは極悪非道の人でなしだ。

お実乃は「あたしのせいで三人が死んだ」と思ったとき、申し訳なさで目の前が真っ暗になった。二三郎に「老婆は望月たちを狙う下手人に間違って毒を盛られた」と言われたときも、胸が痛くなるほど憤った。

自分が確実に死にたくて他人に毒を盛ったとしたら、それは「自害の道連れにされた」と言うよりも、「踏み台にされた」と言うべきだ。望月と渋谷はそこまで非道な人たちだっただろうか。

受け入れられずにかぶりを振れば、末五郎の目つきが険しくなった。

「わしにはお実乃の考えのほうが信じられん。一緒に働いてきた仲間を疑い、出会って数日の浪人、しかも口から出まかせを言って宿代を踏み倒した輩（やから）の肩を持つなんて。そんなやつがなぜ雷屋の奉公人に殺されたと思うんだ」

いつになく非難がましい口ぶりだが、末五郎の立場ならそう思いたいだろう。お実乃は気まずく目を伏せる。

「それは……お二人の死に目に会いましたから」

いまわの際の望月の顔、あれは死を受け入れられない顔だった。死ぬつもりで毒を飲んでいれば、たまたま現れた女中の袖を無我夢中で摑んだりしないだろう。予期せぬことだったから、最後の力を振り絞ったに違いない。

「きっと、あたしに伝えたいことがあったんでしょう。いまも夢の中に苦しそうな望月様が出てくるんです」

こうして話しているだけでもまなこの裏によみがえる。両手を強く握ったら、末五郎の声がやさしくなった。

「だから、殺されたと思ったのか」

「はい、覚悟の自害ならそんなことにはならないでしょう」

ここまで言えば納得してくれるかと思いきや、相手は訳知り顔で話し出す。

「人というのは生き汚い。どれほど覚悟したところで、いざとなれば死にたくない、死ぬのが怖いと思うものだ」

「それじゃ、望月様は自ら毒を飲んでおきながら、いまわの際で死にたくないと思ったってことですか」

「ああ、そうだ。年寄りが死ぬと『歳に不足はない』なんて言われるが、喜寿になろうと米寿になろうと、本人はもっと生きたいと願う。まして三十にもならない男なら、『早まった』と思って当然じゃないか」

年老いた末五郎にそう言われると、それが正しいような気がしてくる。望月の無念の形相（ぎょうそう）――あれは自害を悔いた顔だったのか。

「死のうと思って身投げをしたのに、うっかり泳いで助かった――なんて話を聞いたことがあるだろう。人は心の臓が止まるまで、何とかして生きようとする。あらかじめ袂に石を入れたり、足を縛ったりするのは、水の中で泳げないようにするためなんだよ」

自害や心中の死にぞこないは、文字通り生き恥をさらすことになる。それを避けるための用心だと聞かされて、お実乃はだんだんわからなくなる。望月たちは自害なんてしないと思っていたけれど、勘違いだったのか。

「お実乃は二人の死に目に会ったせいで殺されたと思い込んだんだろう。だから、一緒に働く仲間を疑う羽目になったんじゃないのか」

「……はい」

「ならば、望月様たちを殺すような人間が雷屋の中にいるかどうか先に考えてごらん。いなければ、望月様たちが年寄りに毒を盛って効き目を確かめ、そののちに自害をしたということだ」

殺されたと思うから、下手人を捜してしまう。だが、下手人がいなければ、自害しかありえない。末五郎の考えはいちいち筋が通っていた。これが年の劫というものか。

それでも、すべての謎が明らかになったわけではない。お実乃は気になっていることを口にした。

「ご隠居さんのおっしゃる通りだったとして、望月様たちは菊の間の年寄りにどうやって毒を盛ったんですか」

「恐らく、夕餉の最中に菊の間に行ったのだろう。ひとりが人相書を差し出して注意を引き、もうひとりが老婆の味噌汁椀に毒を盛ったのではないか」

まるで見てきたように語られて、その光景が頭に浮かぶ。

望月が母子の間に立って人相書を見せ、その背後で渋谷が毒を盛る。そして望月たちが部屋を出ると、母子は再び箸を取る……。

お実乃が目の前にいることも忘れ、親子喧嘩をした二人である。仇討ち話と人相書に気を取られ、毒を盛られても気付かなかったのだろう。

「菊の間のばあさんを狙ったのは、突然死んでも『歳のせい』で片付くと踏んだからだろう。悪党というのは人一倍悪知恵が働くものだ」

こちらが疑いを持つ前に末五郎は説明してくれる。その手回しのよさにお実乃は感心しきりである。

「もし雷屋の中に人殺しがいるのなら、いまごろもっと客が死んでいると思わないか。望月様たちが死んでから誰ひとり死んでいないことが、人殺しはもういないという何よりの証だ」

「だったら、もう死人が出ることはないんですか」

そうであって欲しいという願いを込めてお実乃は尋ねる。

末五郎はうなずいた。

「ああ、元気だった人間が突然亡くなることはないだろう。降ってわいた災いはもう終わったんだ」

ことさら自信ありげにうなずかれ、お実乃の肩から力が抜ける。いままでずっと「望月様たちは自害じゃない」と思い込んできたけれど、末五郎の話で納得した。

どんなに死を覚悟しても、こと切れる前は死にたくないと思うんだ。侍の切腹に介錯がつくのは、苦しみを長引かせねぇためと、腹を切ってから気が変わるのを防ぐためだったんだべ。

潔(いさぎよ)く切腹したはずなのに、気が変わって「医者を呼べ」なんて言い出されたらみっともない。お実乃は肩の荷を下ろした気分で微笑んだ。

「ご隠居さんに相談してよかったです。ありがとうございました」

「そりゃ、よかった。また困ったことがあれば相談に乗るぞ」

「はい」

足取りも軽く隠居部屋を出て渡り廊下まで来たところ、厠の陰に鰹縞の着物が見えた。

すぐに見えなくなったけれど、あの後ろ姿は希一である。さっき着物を繕ったばかりなので見間違えるはずがない。

忘れ物を持って再び出かけたのではなかったのか。厠に用があったとしても、いくら何でも長く居すぎだ。お実乃は眉をひそめて考え込み、すぐに答えに気が付いた。

口ではどうでもよくなったと言いながら、希一はひそかにお実乃を探っていたのだろう。忘れ物はやっぱり口実だったか。

ご隠居さんとあたしの話を壁に張り付いて盗み聞きしていたんだべ。でも、かえってよかったかもしれねぇな。

末五郎とのやり取りでお実乃の考えはすっかり変わった。いまさら「望月様たちは権藤様のおっしゃる通り自害でした」と希一には言いにくい。

こんなことなら、もっと早く末五郎に相談すればよかった。亀の甲より年の劫ってこういうことを言うんだろう。お実乃はひとり納得して台所へと歩き出した。

その日の晩、権藤たちは「明日ここを発つ」と言い出した。

「お実乃にはいろいろ世話になったな」

「とんでもない。それより探索はどうなっているんでしょう」

希一によれば、異人を襲った賊は見つかっていないようだ。お実乃は今夜も熱燗を一本

ずつ運び、その合間に尋ねたが、

「あいにく口外できんのだ。悪く思うな」

そんなふうに言われれば、こっちは食い下がれなくなってしまう。お実乃はまた熱燗を運ぶべく菊の間を出た。

「やれやれ、これで肩の荷が下りる。あんたもほっとしただろう」

台所に戻れば、笑顔のお秀にお替りを差し出される。お実乃も笑ってうなずいた。これでまた元の暮らしが戻ってくる。

近いうちに望月様たちの墓参りに行こう。さんざん振り回された文句を言ってやらなくちゃ。

あの日、松の間に行くのがもう少し遅ければ、息も絶え絶えの望月に袖を摑まれたり、死に目に逢うこともなかったろう。そんな姿を目にしなければ、自害なんてありえないと思い込まずにすんだはずだ。

初めて居続けた客だったから、少々肩入れしすぎたらしい。これからは気を付けようと、お実乃は反省した。

翌朝、他の泊まり客と同じように権藤たちは雷屋を出ていった。

去り際、何か耳打ちされた仁八は顔色を悪くしていたが、お実乃は今度こそ見て見ぬふりを決め込んだ。

七

ここ半月ばかりのごたごたで、さぞや懲りたに違いない。権藤たちが去ったのち、仁八は雷屋の二階に客を泊めなくなった。

だが、十八の娘が「泊めてくれ」と言う客を追い払うのは難しい。特に強面の浪人は手に負えないので、主人自ら対応した。

「あいすみません。うちは茶店でございまして、お泊めすることはできません。この近くにも旅籠がございます。そちらにお泊まりくださいまし」

「だが、ここの二階に泊まれると聞いたぞ」

「慣れない道中で具合が悪くなった茶店の客を二階に泊めたことはございます。それが誤って伝わったのでございましょう。勘違いをさせてしまったようで、誠に申し訳ございません」

「では、どうあっても泊めぬと申すか」

「はい、なにとぞご容赦くださいまし」

ひたすら建前を口にして頭を下げ続ける。浪人が唾を吐いて立ち去ると、お実乃は帳場に戻った仁八のそばに寄った。

「旦那さん、本当にいいんですか」

「何のことだ」

「お客をすべて断ると、儲けがぐんと減りますよ」

茶店は客の出入りこそ多いものの、ひとり当たりの儲けが少ない。器量よしの茶汲み女は仕事のわりに給金が高く、店の儲けは微々たるものだと前にお秀が嘆いていた。

「浪人でも一泊だけなら大丈夫じゃないですかね」

つい余計なことを言えば、仁八に叱られた。

「神奈川奉行所や八州廻りに裏の商いを知られてしまったんだぞ。この先も宿を続けていたら、今度こそお咎めを受けることになる」

「でも、二階の儲けがなくなったら」

「それは奉公人の気にすることじゃない」

仁八はぴしゃりと遮って、何食わぬ顔で付け加えた。

「ほとぼりが冷めたら、具合の悪い客は泊めてやってもいいけどね。もう宿代なんてもらわないよ」

「それじゃ、タダで泊めるんですか」

かつて末五郎はそうしていたと聞くけれど、金にうるさい仁八が同じことをしようとするなんて。お実乃が派手に驚くと、わざとらしく咳払いをされた。

「いや、泊まるほうだってタダでは心苦しいだろう。礼として差し出された金を断るのも無粋じゃないか」

つまり、宿代ではなく礼金として金をもらうつもりなのか。抜け目のない雇い主にお実乃は開いた口が塞がらなかった。

「何だい、その顔は」

すかさず仁八に睨まれて、お実乃は「何でもありません」とかぶりを振った。しかし、仁八は気に入らなかったようで、「いいかい」と身を乗り出す。

「いまは街道筋の旅籠で頻繁に宿検めがあるらしい。素性の知れない客を泊めて、役人に踏み込まれてみろ。あたしたちが攘夷派に味方して、かくまっているように見えるじゃないか」

「はい、旦那さんのおっしゃる通りです」

「茶汲み女たちにも『浪人には気を付けろ』と言っておけ」

「はい、わかりました」

お実乃はうなずいたが、茶汲み女にわざわざ伝えるつもりはなかった。計算高い彼女たちは貧乏人に近寄らない。

「いいかい、浪人はどんなに具合が悪くとも絶対に泊めないからね。お実乃も余計なお節介を焼くんじゃないよ」

厳しい表情で念を押され、お実乃はさすがに鼻白む。仁八とお秀だって行き倒れかけていたところを末五郎に助けられたと聞いている。

浪人のすべてが攘夷派ではない。頭からだめだと決めつけなくてもいいだろう——遠慮がちに言い返せば、仁八の目がつり上がった。

「昔といまじゃ事情が違う。あたしが大旦那に拾われたとき、目の前に開港場なんぞありゃしなかった。下手な情けをかけたせいで雷屋が潰れたら、大旦那に顔向けできないじゃないか」

主人にここまで言われれば、重ねて反対などできない。お実乃はため息を呑み込んで「わかりました」と返事をした。

昔と言ったところで、たかだか四年くらい前である。仁八とお秀はつくづく強運の持ち主だ。

それはさておき、二階に客がいなければ楽ができる。呑気にそう思っていたら、二月二十日の朝四ツ前に思いがけないことを言われた。

「暇を出すってどういうことですか」

お実乃は帳場に座る相手を信じられない思いで見つめる。尋ねる声は震えていたが、仁八の表情は変わらなかった。

「おまえは二階の客の世話をさせるために住み込み女中として雇ったんだ。仕事がなくなれば、暇を出すのが筋だろう」

「でも、あたしは他の仕事だってやっています。それに二階の商いをすべてやめたわけじゃないでしょう」

「いまはやめたようなものだ」

「だったら、もっと茶店の手伝いをしますから」

二階の客の世話ではなく、茶店の手伝いとしてこれからは置いて欲しい。お実乃が縋(すが)るような思いで訴えれば、仁八はさすがに後ろめたくなったらしい。落ち着きなく目をさまよわせる。

「お実乃はいままでよく働いてくれた。だが、店の儲けが減ってしまえば、奉公人も減らすしかないんだよ」

「そんなことを急に言われたって」

雷屋を追い出されたら、戸部の家に戻ることになる。だが、お実乃は姉を不幸にした両親が嫌いだった。

いまさら父ちゃん母ちゃんとひとつ屋根の下に住むなんて冗談じゃねぇ。何としても旦那さんに考え直してもらわないと。

焦ったお実乃は自分のしている仕事を片っ端から並べ立てる。

雷屋の奉公人の中で自分より働いている者はいないはずだ。それでも、仁八は首を横に振った。

「いまは物の値が日々上がるせいで、前と同じだけ客が来ても儲けが薄くなっている。おまえは急な話で驚いたかもしれないが、あたしだって鬼じゃない。三月五日の出替りまでうちにいてもらうよ」

「旦那さん……」

「心配しなくても大丈夫だ。お実乃だったら、うちよりもいい奉公先が見つかるさ」

取ってつけたようななぐさめがお実乃の気持ちを逆なでした。主人の都合で暇を出すのに、「出替りまでうちにいてもらう」と恩着せがましく言われたくない。

それに出替りは多くの人たちが仕事を求めて口入屋に押しかける。読み書きができず、器量も悪い自分にいい仕事が見つかるとは思えなかった。

何でこんな目に遭うんだべ。

あたしは奉公を始めてから、誰よりも一所懸命働いてきたのに。

怒りのあまり息苦しくなり、ふと姉のことを思い出す。惚れた男に裏切られた直後、奉公先の女将に暇を出された姉はもっとつらかったろう。

お実乃は膝の上で両手を握り、「落ち着け」と自分に言い聞かせた。そして、住み込みの奉公人がもうひとりいたことを思い出す。

「あの、久さんはどうなるんですか」

「久六はいまのままだ。あの歳じゃ雇ってくれる店もないだろうしな」

仁八の言い分はわかるものの、お実乃は納得できなかった。ろくに働かない下男が暇を出されず、自分だけ暇を出されるなんて。

「お内儀さんやご隠居さんはこのことをご存じですか」

「もちろんだ。お秀は渋っていたけれど最後は納得してくれた。大旦那は初めから裏の商いを嫌っていなさったからね」

まさか、あの二人まで自分を切り捨てるとは思わなかった。お実乃は頭の中が真っ白になり、身体中の力が抜けた。

だが、こちらを見ない仁八に気付き、「諦めるのはまだ早い」と思い直す。

旦那さんの言うことを鵜呑(うの)みにしちゃなんねぇ。お内儀さんはともかく、ご隠居さんには口から出まかせを……たとえば「お実乃が辞めたがっている」とか吹き込んでいるかもしれねぇもの。

情け深い末五郎が真面目に働く奉公人を店の都合で放り出すとは思えない。そして、末五郎が「お実乃にはいままで通り働いてもらう」と言ってくれれば、養子の仁八は異を唱えられないだろう。

ならば、ここで言い合うのは時間の無駄だ。お実乃は帳場を離れると、まっすぐ隠居部屋へ行った。

「ご隠居さん、失礼します」

「お実乃かい。お入り」

襖を開ければ、末五郎は今日も松を眺めていた。よく飽きないものだと感心しつつ、お実乃はためらいがちに切り出した。

「実は……旦那さんから二階の商いをやめると言われて」

「ああ、わしも聞いてほっとしたよ。大っぴらに言えないような商いは慎んで欲しいと思っていたから」

今日もしわ深い顔に人のいい笑みを浮かべられ、次の言葉が言いづらくなる。

だが、ここで怯んではいけないと、お実乃は下っ腹に力を入れた。

「二階の客がいなくなるから、あたしもいらないと言われてしまって……暇を出されることになったんです。でも、あたしはいままで通り雷屋で働きたくて……ご隠居さんから旦那さんに口添えしてもらえませんか」

言いたいことを言い終えてから、額を畳に擦りつける。ここまですれば、お人よしの末五郎は自分の味方をしてくれるだろう。

しかし、期待に反して何の返事も聞こえない。しびれを切らして顔を上げると、こちらを見ている末五郎と目が合った。

「まさか、お実乃の口からそんな言葉を聞くとは思わなかったよ」

「どうしてでしょう」

自分は誰よりも一所懸命仕事をしてきたではないか。意外そうな呟きに内心憤慨していると、末五郎が首をかしげた。

「だって、おまえは店の者を誰ひとり信用していないじゃないか」

「それはどういう意味ですか」

「でなければ、人殺しの疑いなんてかけられるはずがない」

口調はいつも通り穏やかだが、言っていることは辛辣だ。とっさに二の句が継げずにいたら、末五郎はにこりと笑う。

「疑いは人を傷つける。信用できない人に囲まれて働くのは、おまえも骨が折れるだろう。新しい奉公先では人に恵まれるといいんだが」

「………」

末五郎以外の誰かが言えば、とんでもない嫌みだと思っただろう。目の前のお人好しはお実乃によかれと思って、暇を出すことに決めたのだ。

ならば、自分の気持ちを正直に伝えて考え直してもらうしかない。お実乃は身を乗り出して首を何度も左右に振った。

「あのときはお客が続けて同じような死に方をしたから……気が動転してしまったんです。でも、ご隠居さんが丁寧に諭してくださったおかげで、あたしの思い違いだとわかりました」

「別に無理をしなくてもいいんだよ」

「無理なんてしていません。あたしは雷屋で奉公を続けたいんです。お願いですから、旦那さんに一言言ってくださいまし」

相手の手を取らんばかりの勢いでお実乃は頼みを口にする。しかし、末五郎はうなずいてくれなかった。

「わしは仁八に身代を譲った身だ。あいつの決めたことに口を挟むつもりはない」

「でも、あたしの身内は奉公先をしくじっています。新しい仕事が見つからないかもしれないんです」

「そう心配しなくても大丈夫だろう。仁八だって口入屋に悪いことは言わないはずだ」

こっちが何と言おうと、考えを変えるつもりはないようだ。この間は「また何かあったら相談に乗る」と言ってくれたのに。

突然掌を返されて、お実乃はどうしていいかわからない。末五郎はおもむろに煙管(キセル)をくわえると、白い煙を吐き出した。

「茶店の雷屋に住み込みの女中は必要ない。お実乃が茶汲み女たちから白い目で見られてきたのはそのせいだよ」

「あれは……あたしの器量が悪いからでしょう」

「そうじゃない。裏の商いを快く思っていないから、二階の客の世話をするおまえに当たるのさ。奉公人の立場では主人に意見できないからね」

そう言われれば、思い当たる節もある。「二階に泊まりたいと言う客がいる」と茶汲み女が言うときは、いつだって仏頂面だった。愛想が売りの茶汲みのくせに、そんな顔をしていいのかと何度も思ったものである。

「おまえはもっと胸を張ってできる仕事をしたほうがいい。わしは前からそう思っていたんだよ」

「ご隠居さんの気持ちはありがたいですが、あたしはやっぱり雷屋にいたいんです。二階の客の世話がなくなった分だけ、母屋の掃除やご隠居さんのお世話を頑張りますから」

「それじゃだめだ」

食い下がるお実乃を末五郎は突き放す。その表情はいままでになく冷ややかだった。

「わしはおまえのためを思って言っているんだ。これを汐にしおよそで一から出直しなさい」

この期に及んで隠居の口から「おまえのため」なんてふざけた言葉が飛び出すとは思わなかった。お実乃の中の末五郎像が音を立てて崩れていく。

一方、語り終えた末五郎は煙管を灰吹きに打ち付ける。部屋に響いた硬い音は年寄りの頑かたくなさをあらわしているようだった。

もう何を言ったって末五郎の気持ちは変わるまい。お実乃は蚊の鳴くような声で「失礼します」と言って部屋を出た。

権藤たちがいなくなって、また前と同じ毎日が戻ってくると思いきや、とんだ当て外れである。台所へと歩く足が鉛の下駄でも履いているように重かった。

何が「いつでも相談に乗る」だ。こっちの事情も知らないで、そっちの考えばっかり押し付けて。ここよりいい奉公先が見つかるのなら、最初から雷屋の住み込み女中なんてやっちゃいねぇ。

それとも、三年経ったいまならば、周りの目も少しはましになっただろうか。一瞬期待しかけたが、すぐに無理だと諦めた。

無責任な大人に限って、「おまえのためだ」と言いたがる。姉のときも、父は女郎になることが姉のためだと言っていた。

本当に相手のことを考えるなら、まずは相手がどうしたいのか確かめるのが筋だろう。実際は「おまえのためだ」と言いながら、自分の都合を押し付ける。だから、こちらが何と言おうとも聞く耳を持たないのだ。

とにかく、ここから追い出されることははっきりした。お実乃はこみ上げるやるせなさに強く奥歯を嚙みしめる。

疑いは人を傷つける――末五郎は周囲を疑ったお実乃を許していなかった。ため息をついて台所に戻れば、お秀がためらいがちに声をかけてきた。

「お実乃、話は聞いたかい」

こっちの目を見て話さないのは後ろめたいからに違いない。ひょっとしたら、お秀にも嫌われていたのだろうか。

望月様たちが死んでから叱られることが増えたっけ。お内儀さんの目を盗んで、新田様と話し込んだりしなければよかった。

いまになって後悔しても、もう遅い。お秀には世話になったし、最後はきれいに終わらせよう。お実乃は強いて笑みを浮かべた。

「……三月五日で暇を出されるという話なら、旦那さんからうかがいました。お内儀さんにはいろいろお世話になりました」

文句ではなく礼を言うと、お秀がつらそうに眉を寄せる。

「あたしはあんたを辞めさせたくなかったんだけどね。二階の客がいなくなるんじゃ、給金が払えないからさ」

お実乃がいなくなって一番困るのはお秀だろう。怠け癖のある久六に目を光らせ、亭主と隠居の世話をひとりですることになるのだから。

眉間に刻まれたしわの深さが先の憂いを物語る。とはいえ、暇を出される身としては目つきが冷ややかになってしまう。

「あんたはあたしが思っていた以上によく働いてくれたよ。新しい奉公先でも頑張っておくれ」

「はい、ありがとうございます」

お実乃は頭を下げてから、掃除をしに二階に上がる。ここのところ客が泊まっていないから、部屋はきれいなままだった。

さて、これからどうすべか。次の奉公先を急いで見つけないと、小作仲間の次男、三男とくっつけられるかもしれねぇ。

かつて父は器量よしの姉を玉の輿に乗せることしか考えていなかった。

しかし、姉は女郎に売られてしまい、残ったお実乃も十八だ。そろそろ婿を取って孝行しろと言い出すことは十分あり得る。

いつもねえちゃんとあたしを比べて悪口を言っていた連中と一緒になるなんてまっぴらだ。それなら一生奉公で独り身を通したほうがまだましだべ。

とはいえ、神奈川で仕事を探すのは簡単ではない。

唸り声を上げながら雑巾がけをしていたら、上機嫌な久六がいきなり客間に入ってきた。その手には瓦版が握られている。

「お実乃、これを見てみなよ。近頃めずらしく胸のすく話だぜ」

またぞろ仕事を放り出し、近所をうろついてきたようだ。ひょっとして、お実乃が暇を出されることを知らないのか。

こんな人がここに残り、あたしが追い出されるなんて。ご隠居さんも旦那さんも何を考えているんだか。

　腹立ちまぎれにそっぽを向けば、久六はなぜか笑い出す。

「そういや、おめぇは字が読めないもんな。瓦版を差し出されても困るだけか。仕方ねぇ、俺が読んでやるよ」

　いつも言われていることなのに、今日は胸に突き刺さる。お実乃は怒りをこらえて返事をした。

「読まなくていいわ。掃除の邪魔だから」

「へえ、いいのかよ。港崎のことなのに」

「えっ」

　思わず手を止めて顔を上げれば、得意げな久六と目が合った。

「何が書いてあるの」

「異人が港崎の花魁に惚れたが、相手はあいにく日本人口。床入りなんぞしやしねぇ。袖にされて怒った異人は花魁に短銃を突き付けたんだと」

「ええっ、ちょっと見せて」

　たとえ字は読めなくとも、瓦版に描かれた絵で話の中身はうかがえる。お実乃は血相を変えて瓦版をひったくった。

手触りの悪い粗末な紙には、豪華な着物を身にまとった女が大男に銃を向けられている絵があった。

「ねえ、この花魁はどこの誰？　まさか殺されたんじゃないでしょうね」

問い詰めるお実乃の声がみっともなく震えてしまう。

この花魁が亀花だったらどうしよう。噛みつきそうな勢いで尋ねると、さすがに久六も面喰らったような顔をした。

「おい、早とちりすんな。いいところはこれからよ。短銃を向けられた花魁は鬼のような異人をハッタと睨み、『撃てるものなら撃ってみなんし。いくら売り物買い物でも、ぬしの相手は嫌でありんす』と天晴な啖呵を切ったのよ。その気迫に異人は何もせずに逃げ出したと書いてあらぁ」

では、短銃で撃ち殺されたわけではなかったのか。お実乃は安堵のあまりその場に座り込んでしまった。

「五十鈴楼の美鈴が異人に撃たれたとなりゃ、攘夷派ばかりか町人だって黙っちゃいねぇ。とはいえ、大の男だって短銃を向けられれば言いなりになっちまうもんだ。美鈴花魁はたいしたもんだぜ」

「……そう、五十鈴楼の花魁なの」

それを先に言えと腹の中で罵って、お実乃は改めて瓦版に目を落とす。久六はそれを取り返し、得意顔で読み上げた。

「これで港崎一の売れっ子は美鈴花魁で決まりだな。五十鈴楼の楼主もさぞかし鼻が高いだろうぜ」

「そうかしら」

確かに日本人の男にはもてはやされるだろう。しかし、揚げ代は異人のほうが高いと聞いたことがある。異人客が寄り付かなければ、商いとしてまずいのでは……。

首をかしげたお実乃の態度が面白くなかったのか、久六は鼻の付け根にしわを寄せた。

「当たり前だろうが。幕府はてんで弱腰で異人のやつらに文句もろくに言えやしねぇ。そんなときに丸腰の花魁が気概ひとつで異人に目にもの見せたんだぞ」

「でも、異人に逆恨みされるかもしれないわ」

そして、いざというときに美鈴花魁を守ってくれる者はいないだろう。姉の商売敵と知りながら、お実乃はにわかに心配になる。

開け放った障子の向こうに目をやれば、久六は「心配すんな」と手を振った。

「男なんて移り気なもんだからな。どうあっても美鈴がだめだとわかりゃ、他の花魁に目を向けるさ」

続けられた言葉を聞いてお実乃はますます心配が募る。五十鈴楼は港崎で二番目に大きな見世のはずだ。

その異人が岩亀楼に足を運び、ねえちゃんに目を付けたら……美鈴花魁は無事だったけど、次はどうなるかわからねぇ。

嫌な予感が頭をよぎり、顔から血の気が引いていく。

久六が怪訝そうな顔で詰め寄った。

「何でぇ、急に青くなりやがって。どうせ女郎になった身内がいるんだろうが、おめぇの身内じゃたいした器量じゃあるめぇ。どの見世にいるんだよ」

ここで「岩亀楼の亀花はあたしの姉だ」と打ち明けても、久六は信用しないだろう。姉は見世でも一、二を争う売れっ子だというし、まるで似ていない姉妹なのだ。お実乃はもっともらしい嘘を口にした。

「女郎じゃないわ。港崎の芸者置屋で女中をしているの」

「なるほど、芸者にはなれなかったか。おめぇの身内じゃ、やっぱり歯が出ているんだろうからなぁ」

久六の笑い声がお実乃の癇に障る。一言言い返そうとしたとき、下男を呼ぶ仁八の声がして、久六は慌てて出ていった。

ねえちゃんが変な異人に目を付けられていなければいいけれど――お実乃は自分の奉公先より、姉の身が案じられて仕方がなかった。

攘夷派の取り締まりが厳しさを増す中、かつて二階に泊まったことのある客が「また泊まりたい」と続けてやってきた。不思議に思ってひとりに理由を尋ねてみると、「並みの旅籠では落ち着いて眠れない」とこぼされた。

「京から江戸へ戻る道中で、俺は二度も宿検めに出くわした。一度目は宿に着いて間もなくだったが、二度目なんて飯盛り女と床に就いたあとだったんだぜ」

役人は土足で部屋に入ってきて、客の人相と往来手形を確かめると慌ただしく出ていったとか。時としては短い間でも、その後は女を抱く気になれなかったそうだ。

「他の部屋じゃ宿検めが続いているし、一度水を差されちまえば気持ちも萎える。飯盛りもやる気をなくしたくせに、金だけはしっかりふんだくりやがった。それからはいつ宿検めがあるかと気になって仕方がねぇ」

ぐっすり眠るためなら二百文くらい惜しくない――客の言い分にお実乃は納得したけれど、仁八はあくまで譲らなかった。

「申し訳ございません。うちの店はお役人に目を付けられておりまして、いつ宿検めがあるかわからないのでございます」

当てが外れた客は肩を落として去っていく。

仁八が言う通り、雷屋は八州廻りに目を付けられている。だが、街道筋の宿場で頻繁に宿検めをしているのなら、茶店まで手が回らないのではないか。

いいお客が来るのに追い払い、あたしに暇を出すなんて。旦那さんには商人の才覚がこれっぽっちもねぇんだから。

お実乃は苛立ちを募らせながら、客に断りを言う主人の背中を睨んでいた。

ところが、二月二十三日の七ツ過ぎに「泊めてくれ」と来た二人連れは違うことを口にした。

「二年前に急な腹痛でここの二階に泊めてもろたとき、朝焼けの海がえらいきれいで感心したんや。これで最後にするさかい、今晩だけ泊めてくれ」

茶店の客は海を見下ろす眺めをほめそやすが、二階の客はめったにほめない。お実乃はいつもより好意を持って目の前の男二人を品定めした。

上方訛りでしゃべる男は歳の頃なら二十四、五、十中八九商人だろう。着ている着物は上物だから、金に不自由はないはずだ。女のように色白で、顔が丸くて目が細い。どことなく福笑いのおたふくを思わせる見た目である。

連れの男は三十を過ぎたところだろうか。おたふくとは反対に色黒で身体つきががっしりしている。どちらも見た目に怪しいところはなかったが、お実乃はひとつだけ引っかかった。

「そんなに気に入ってくださったのなら、もっと早く泊まっていただきたかったです」

「去年はもっぱら船で上方と江戸を行き来してたんや。今度の旅は横浜に用があったさかい、ここに泊めてもらおうと思ってな」

そういうことなら、気に入ったと言いながら二年も空いた理由がわかる。お実乃は客を土間に残して帳場に行った。

「前にお泊まりになったお客さんが『二階からの眺めが気に入ったから、もう一度泊まりたい』とおっしゃっていますが」

「そんな取ってつけたような理由で泊められるわけがない。仕方がない。あたしがじかに断ってやるよ」

仁八は筆を置いて大儀そうに立ち上がり、土間に立つ客に冷ややかな声をかけた。

「お客様方、残念ですがうちは茶店でございまして」

「そう言わんと。これがわての往来手形、こっちが連れの音平（おとへい）のもんや。怪しいもんやあらへんから一晩だけ頼むわ」

断りを口にする前に手形を押し付けられ、仁八はますます不機嫌になる。ところが、手形を見るなり目つきが変わった。

「蔵前の米問屋石田屋様と言えば、江戸でも指折りの大店ではございませんか。そちらの跡取りの佐太郎様がどうしてまたうちのようなところに」

上方訛りだからてっきり上方の商人だと思っていたら、江戸の米問屋だったのか。仁八に負けないくらいお実乃もびっくりしていると、佐太郎は面倒そうに手を振った。

「そやから、この店の二階からまた朝焼けが見たいと言うてるやないか。泊めてくれるなら、宿代を倍払ってもかまへんで」

「それは、お連れ様の分もでしょうか」

思いがけない儲け話に心が動いたらしい。仁八は目を輝かせ、佐太郎は「当たり前や」と呆れたように言い放つ。

「こないなところでしょうもない嘘をついたら、石田屋のお義父さんに合わせる顔があらへん。嫁にも愛想を尽かされるわ」

佐太郎は上方育ちで、江戸の大店に婿入りしたという。連れの音平は石田屋の手代で、婿養子のわがままに苦虫を嚙みつぶしたような顔をしている。仁八は二人の手形を穴が開くほど眺めてから、「わかりました」とうなずいた。

「そこまでおっしゃるなら、今晩だけお泊めします。どうかごゆっくりお過ごしください」

茶店の主人は八百文の儲けを棒に振ることができなかったようだ。

それなのに、あたしは暇を出され、新しい奉公先を探さないといけないなんて……まったく、とんだ貧乏くじだ。

嘆いたところで始まらないとわかっていても、客を二階に案内するお実乃の足取りは重かった。

そして夜になり、お実乃は何度も二階と台所を行き来する羽目に陥った。佐太郎はおたふくのような見た目のくせにやたらと酒を飲むのである。

「失礼します。お酒のお替りをお持ちいたしました」

声をかけて襖を開ければ、白い顔を赤く染めた若旦那が笑み崩れる。この菊の間に運んだ熱燗はすでに二十本を超えており、その大半を佐太郎が飲んでいるらしい。

「音平、お替りが来ましたで。遠慮せんと飲みなはれ」

さすがに酔いが回ってきたのだろう。佐太郎が上機嫌で手代に酒を勧める。しかし、手代は猪口を伏せた。

「手前はもう結構です。若旦那様こそおしまいになすってください。お顔が赤くなっておりますよ」

「そう言わんと今夜だけ見逃してぇな。明日は江戸に着いてしまうんやで。旅の最後の晩は思いきり羽目を外さんと。女中さんかてそう思うやろ」

突然話しかけられて、お実乃はとまどう。

酔っ払いに逆らうのは面倒だが、さらに酔ったらもっと面倒になるだろう。ここは釘を刺しておくべきかと、作り笑いで口を開く。

「お客さんのおっしゃることもわかりますが、酔っ払って寝過ごすと、お目当ての朝焼けを見損なうかもしれませんよ」

「若旦那、この女中の言う通りです。せっかく大金を払って泊まったのですから、もう酒はおやめください」

音平はお実乃の言葉に食いついて若旦那を諫める。佐太郎は口を尖らせた。

「いらん心配や。これくらいの酒で寝過ごすような佐太郎様ではあらへんで」

「ですが」

「石田屋では酒を好きに飲むこともできへんやないか。音平かて、そのことは知っているやろ」

手代の言葉を遮って、佐太郎は手酌で酒を飲む。音平は困り果てた顔をした。

「明日は横浜から船で江戸に戻ります。手前は船に弱い若旦那のためを思って」

「ふん、最初から酒に酔っていれば、船酔いだってせぇへんわ」

「若旦那、子供じゃないんですから聞き分けてくださいまし」

「大人になったから、大坂を離れて江戸の石田屋に婿入りしたんやないか。なあ、女中さん。わての女房はどんな女やと思う」

こっそり部屋を出ようとしていたお実乃は襖の前で動きを止める。石田屋の婿養子は絡み上戸(じょうご)だったのか。

「江戸の大店のお嬢さんでございましょう。あたしなんかと違って、きれいなお人なんでしょうね」

目鼻立ちはわからないが、着ている着物は間違いなくきれいなはずだ。お実乃がお世辞のつもりで言えば、佐太郎は鼻でせせら笑う。

「あんなんたいしたことあらへんわ。周りがちやほやするから、勘違いしてうぬぼれの鼻を高(たこ)うしとる。しかも、こっちのやることにいちいち目を光らせて、ああだこうだとケチをつける。ほんま仲人口(なこうどぐち)に騙されたわ」

「若旦那、人前でそういうことは」

「だったら、どこでしろって言うんや。石田屋に戻ったらできへんやろ。それとも、婿は愚痴もこぼすことができんのか」

「そんなふうにおっしゃらないでくださいまし。若御新造(わかごしんぞ)さんがあれこれおっしゃるのは、若旦那のためを思えばこそ」

顔色を変えた音平が家付き娘の肩を持つ。しかし、佐太郎はとうとう湯呑に酒を注いで飲み始め、真面目な手代を慌てさせた。

「若旦那、今夜はもうおしまいにしましょう。女中さん、お茶を淹れてくれないか」

「でしたら、そちらの湯呑も貸してもらえますか」

客が二人なので、湯呑は二つしかない。おずおずと切り出せば、佐太郎がそっぽを向く。

「お茶は音平が飲むんやろ。わてはいらん」

「いい加減になすってください。このままだと明日の道中が」

「心配なんやろ。音平が案じているのは明日の道中が無事に終わるかってことだけや。わてが心配なんやない」

顔は真っ赤になっていても、佐太郎の音平を見る目は醒(さ)めていた。二の句が継げない手代の前で、若旦那はさらに酒を飲む。

「人は誰かのためと言いながら自分の利を一番に考えている。おまえも商人なら、もっと言葉に気を遣ったほうがええ」

お実乃は佐太郎の言葉を聞いて、胸のつかえがとれた気がした。

「若旦那、おっしゃる通りです。『あなたのため』なんて言う人ほど、自分の利しか考えていないものなんです」

横から口を挟まれた若旦那は驚いたように目を瞠ったが、すぐに意味ありげな笑みを浮かべた。

「あんたは歳のわりに人ってもんをよう知ってはる」

「いえ、若旦那こそご苦労が多いようですね」

「そや。甘やかされて育った女房は何でも思い通りにしないと気がすまん。寄合(よりあい)で吉原に行くと言えばへそを曲げ、知り合いの妻を持ち上げれば、『この浮気者』と怒り出す。舅(しゅうと)のお義父さんは商人として尊敬しているけど、『小糠(こぬか)三合あるならば入婿すな』とはよう言ったもんや」

ため息混じりに愚痴をこぼされ、お実乃は銚子を手に取った。

「さあ、いまは思う存分飲んでくださいまし」

「そやな、考えてもどうにもならへん」

お実乃が湯呑に酒を注ぐと、音平が残りの酒を隠そうとする。その慌て方がおかしかったのか、若旦那は声を上げて笑い出す。

「そない必死にならんで、音平も飲めばええやないか。その代わり、女房に告げ口はせんといてな」

その言葉に音平も折れる気になったらしい。それからは三人で愚痴や世間話に花を咲かせたところ、

「へえ、女中さんは近いうちに暇を出されるんかいな。だったら、石田屋で働けばええ。手代や小僧が大勢いるさかい、台所の手が足りんはずや」

お実乃の身の上を知った若旦那が笑顔でそう申し出る。一瞬、その気になりかけたが、すぐに音平に止められた。

「若旦那が女を連れ帰ったなんてことになったら、悋気を起こした若御新造さんが何をするかわかりません。それだけはおやめください」

その顔がこわばっているのを見て、お実乃もこれはまずいと思った。若旦那の浮気相手と誤解されたら大変なことになる。

「あの、お気持ちはうれしいんですが、あたしは江戸で働くつもりはないんです」

「せやけど、この辺りは何かと物騒やないか。一昨日も開港場で異人が襲われたと聞いたで」

一昨日に起こった出来事なら、すでに瓦版になっていてもおかしくない。横浜のことに

は気を付けていたつもりだが、そんな事件があったなんていまのいままで知らなかった。

お実乃がそう伝えると、佐太郎がぽんと手を打った。

「もしかしたら、賊が捕まったからやないか。それか事を荒立てたくなかったか」

「賊が捕まったんですか」

お実乃はますます驚いて大きな声を上げる。

異人を襲った攘夷派はほとんど捕えられていない。もしお縄にしたのなら、ここぞとばかり騒ぎ立てるはずなのだ。

「あの、若旦那がご存じのことを詳しく教えてもらえますか」

他に客がいなくてよかった――お実乃はそのことに感謝して、佐太郎のほうに膝を進めた。

八

翌二十四日の朝、菊の間の若旦那の顔色は土気色だった。

何だかんだで飲んだ酒は三升（しょう）にもなる。相撲取りや大酒飲みは一斗（と）（十升）だって飲めるというが、どちらかと言えば小柄な佐太郎である。身体の大きさで考えると、一升だって飲みすぎだろう。

調子に乗って酒を勧めてしまい、お実乃は後ろめたかった。

「お客さん、大丈夫ですか」

大丈夫には見えないけれど、他にかける言葉が見つからない。うつろな目の佐太郎に代わり、手代の音平が恨めしそうにこっちを見た。

「だから、手前が止めたのに。余計なことをしてくれたもんだ」

たいして飲まなかった音平に二日酔いの気配はない。文句を言いながら懐から丸薬を取り出した。

「これは二日酔いの薬です。飲んで小半刻もすれば、かなり楽になりますから」

音平の言葉通り、薬を飲んだ佐太郎はややして吐き気とめまいが治まったらしい。お実乃が再び菊の間に顔を出したとき、「何という薬だ」と手代に詰め寄っていた。

「吉原で売られている薬です。こんなものがあると知ったら若旦那はますます酒を飲むから、できれば差し上げたくなかったんです」

「そう言わんと、わてにもその薬を買うてきてんか」

まだ顔色は悪いものの、佐太郎の顔にはうっすら笑みさえ浮かんでいる。音平は逆に顔をしかめた。

「その返事は江戸に戻ってからさせていただきます。若旦那、具合がよくなったのなら、いますぐ出立いたしましょう。船に乗るのが遅くなります」

「冗談やない。多少楽になったからって、いますぐ船に乗ってみい。人前で醜態をさらすことになるわ」

佐太郎は焦って言い返すが、手代はまるで容赦がない。いずれ石田屋を継ぐ若旦那を正面からじっと見据えた。

「ですから、飲みすぎないようにと繰り返し申し上げました。手前の言葉を聞かなかったのは若旦那でございますよ」

「そ、それはそうやけど」

「手前の薬まで飲んでおいて、いまさら否やは聞きません。幸い二日酔いや船酔いで死んだという話は聞いたことがございません」

「そ、それはそうかもしれんけど」

「若旦那だって『酒に酔っていれば船酔いをしない』とおっしゃっていたではありませんか。酔いが足りないようでしたら、迎え酒といきますか」

皮肉たっぷりにいたぶられて、佐太郎は首を横に振ったはずみにめまいを起こしたらしい。畳に手をついてから、「勘弁してぇな」と泣きそうな声を出した。

「今日中に江戸に着けばええのやろ。東海道をゆっくり歩いても、日暮れまでには着けるはずやで」

「そうですよ。無理して船に乗らなくたって」

酒を勧めすぎた覚えがあるため、お実乃は佐太郎に加勢する。たちまち「黙っていろ」と言わんばかりに音平に睨まれる。

「陸路だって六郷の渡しがあるだろう」

「ここから川崎までは二里半（約十キロ）。それだけ歩けば、若旦那の二日酔いもかなり抜けるんじゃありませんか」

そもそも渡舟で川の向こう岸まで行くのと、船に乗って海を渡るのでは揺れ具合もかかる時間も大違いだろう。お実乃の言葉に佐太郎も「そうや、そうや、その通りや」と合の手を入れる。

しかし、音平は頑なに譲らなかった。

「では、橋本屋の御新造にお渡しするものはどうなさるおつもりです」

昨日、佐太郎は油問屋、橋本屋の横浜店に行き、大坂の両親から預かったものを主人夫婦に渡したが、御新造への土産の櫛をうっかり渡し忘れてしまったとか。

「今日、品川行きの船に乗る前にお渡しすることになっていたでしょう。江戸まで持っていってしまったら、次はいつお届けできるかわかりませんよ」

町飛脚に託すという手もあるが、質の悪い飛脚に当たると安物の櫛にすり替えられかねない。二日酔いの若旦那はそのことを忘れていたらしい。歪んだ愛想笑いを浮かべて手代にすり寄る。

「櫛は音平が届けてくれるか。わては一足先に陸路を江戸に向かうさかい。おまえだけ横浜から船に乗ればええ」

「冗談じゃありません。若旦那がひとりでふらふら歩いていたら、あっという間に巾着切りやひったくりの餌食です」

「いや、そんなことは」

「ないと断言できますか。二日酔いのふらつく身体では、財布を奪ったひったくりを追いかけられないでしょう」

生真面目な手代に決めつけられて、佐太郎はうなだれる。音平の言うことは一から十までもっともだ。

しかし、具合が悪い人に無理を強いるのはいかがなものか。見て見ぬ振りができなくて、お実乃はおせっかいを申し出た。

「あの、あたしがその櫛をお届けしましょうか」

「あんた、ええ人やなぁ。そうしてもらえると助かるわ」

昨夜のやり取りですっかり気を許したらしい佐太郎はお実乃の申し出に飛びついた。だが、音平は眉をひそめる。

「若旦那、お待ちください。この女中が櫛をくすねるとでも」

「だから何や。この女中が櫛をくすねるとでも」

「この女中に限らず、女なら誰だって我が物にしたいと思うでしょう。さもなくば、金に換えようとするはずです」

飛脚よりは信用されるかと思いきや、たいして変わらなかったらしい。面と向かって疑われ、お実乃はさすがに腹を立てた。

せっかくの親切心を疑うのなら、勝手に苦労をすればいい。あたしは横浜なんて行かなくたっていいんだから。

腹の中で舌を出し――あることに気が付いた。

ここで遣いを頼まれれば、大手を振って横浜に行ける。港崎にいる姉の姿を垣間見ることができるかも……。

雷屋から暇を出されてしまったら、その先がどうなるかわからねぇ。この機会を逃すわけにはいかねぇべ。

とはいえ、下手にやる気を見せれば、「やっぱり櫛を猫糞する気だ」とますます音平に疑われる。さて、どうしようと思ったとき、佐太郎が大きな声を出した。

「失礼なことを言うんやない。この人は信用しても大丈夫や」

「お言葉ですが、人は誰しも魔が差すことがございます。若旦那だって昨夜は魔が差したのでございましょう」

すかさず醜態をあてこすられて、佐太郎は歯噛みする。このままでは横浜に行けなくなると、お実乃はためらいがちに口を挟んだ。

「あの、先方には江戸の若旦那に受け取りの文を出してもらうように頼みます。それでも信用できませんか」

「そうだ、それがええ。音平もそれなら文句はないな」

橋本屋から文が届かなければ、お実乃がくすねたことになる。まさしく名案だと浮かれる若旦那に手代は白い目を向けた。

「酔っていた若旦那はお忘れのようですが、この女中は近いうちに暇を出されるとか。文が届かないと騒ぐころには、居所なんてわからなくなっていますよ」

では、どうすれば信じてもらえるのか。他の手立てが思い浮かばず、お実乃は目を泳がせる。佐太郎は「だから何や」と開き直った。

「わてはこの人を信じると決めたんや。裏切られたら、見る目のなかった己が悪い。それだけのことやないか」

「若旦那、ですが」

「商いで一番大事なことは人を信じ、人から信じてもらうことやと、石田屋のお義父さんかて言ってはる。これ以上この女中を疑ったらあかん。江戸で知られた石田屋の名折れになるで」

佐太郎は口うるさい手代にきっぱり言い切る。

お実乃ははっきり「信じる」と言ってもらえてうれしかった。自分の善意を音平にさんざん疑われ、かなり傷ついていたのである。佐太郎が酒臭くなかったら、きっと石田屋で奉公する気になっただろう。

そうか、「疑いが人を傷つける」とはこういうことか。

人の心は陰口や悪意によるでっちあげはもちろん、疑われただけでも大きく傷つく。その傷は身体の傷より場合によっては治りにくい。

末五郎の語った言葉の意味を実感したとき、険しい表情を崩さない音平と目が合った。

「若旦那がそうおっしゃるなら、手前はこれ以上申しません。ですが、横浜はいま物騒です。娘ひとりで歩いていれば、厄介事に巻き込まれる恐れがありますよ」

それくらい江戸者に言われなくても百も承知だ。こっちはこっちで用があると、お実乃は大きくうなずいた。

「はい、任せてください。必ず橋本屋さんにお届けします」

お実乃と音平が話している隙に、佐太郎は矢立から筆を取り出して文を書き始めた。墨が乾くと小さくたたみ、袱紗（ふくさ）に包んだ櫛の脇に入れてお実乃の前に差し出した。

「これを本町（ほんちょう）三丁目の油問屋、橋本屋の御新造に届けてくれ。石田屋の婿の佐太郎に頼まれたと言うてな。事情は文に書いといたさかい」

「はい、確かにお預かりいたします」

念のためにと袱紗を開けば、真っ赤な南天（なんてん）の実が描かれた蒔絵の櫛が載っていた。これがどのくらい高価なものかお実乃には見当もつかないけれど、色鮮やかな蒔絵の見事さと黒漆（くろうるし）の輝きにしばし見とれた。

「いいか、くれぐれも出来心を起こすなよ」

うっとりと櫛を見つめるお実乃の様子に不安を覚えたに違いない。音平のしつこい念押しにうんざりしながら、お実乃は「わかっています」と返事をした。

いつも二階の窓から見下ろしている開港場の渡舟場は、本町通りの正面にあるらしい。三井呉服店（みついごふくてん）横浜店がその通りの角にあって、そこを左に曲がって進めば、三丁目通りに行けるとか。

「橋本屋の看板は目立つから、すぐわかるはずや」

佐太郎は朗らかに言うけれど、お実乃は文字が読めない。だが、それを打ち明ける気にはなれなかった。

油問屋なら油を売っているだろうし、どうしてもわからなければ人に聞けばいい。お実乃は袱紗ごと櫛と文を懐にしまった。

「わかりました。本町三丁目の橋本屋ですね。間違いなくお届けします」

「これは行きと帰りの渡し賃と手間賃や。ほな、よろしく頼むわ」

そう言って手渡されたのは一分銀（四分の一両）だ。渡し賃は片道十文くらいのはずだから、さすがにもらいすぎだろう。

だが、恐らくこれも出来心を起こさせないための用心に違いない。お実乃は遠慮なく受け取った。

そして、佐太郎たちは四ツ過ぎに江戸を目指して歩き出し、お実乃は帳場の仁八に客からの頼みを打ち明けた。

「できるだけ早くと言われたので、いまから行ってまいります」

以前は「いまから行ってもいいですか」と伺いを立てたが、暇を出される身となっては店の都合など二の次である。

石田屋は大店らしいから、絶対にだめとは言わないはずだ。そう踏んだら案の定、仁八は口元をひくつかせて無言で一度顎を引く。お実乃が腰を浮かせると、そばで話を聞いていた久六がずうずうしく割り込んできた。

「若い娘がひとりで横浜なんて行くもんじゃねぇ。俺が代わりに届けてやるから、櫛と渡し賃を寄越しな」

元遊び人の勘で金のにおいを嗅ぎつけたようである。お実乃は冗談じゃないとかぶりを振った。

「いいえ、あたしが行ってきます。久さんは店に残って、お内儀さんの手伝いをしてちょうだい」

「へん、横浜は不案内な上に字も読めねぇおめぇなんかが行ったところで、迷子になるのが関の山だ。俺が行ったほうがいい」

久六にしてはめずらしく理にかなったことを言っている。だが、お実乃は負けじと言い返した。

「あたしがいなくなれば、久さんがお内儀さんの手伝いをひとりですることになるんだもの。忙しくなるのは目に見えているんだし、いまのうちに手伝っておいたほうがいいんじゃないの。旦那さんだってそう思っておられますよね」

お実乃ひとりが暇を出されて、久六は助かった気でいるはずだ。しかし、ふらふら出歩く暇などなくなってしまうだろう。

仁八は不機嫌になった下男にいつになく強い調子で命じた。

「久六はお秀の手伝いをしろ。お実乃、早く行ってきなさい」

当てが外れた久六は恨めしそうに主人を見てから、余計なことは言わずに帳場を離れた。


お実乃が坂を駆け下りて宮ノ河岸に着いたとき、ちょうど渡舟が出るところだった。

ここで乗り遅れたら、港崎に寄り道する暇がなくなってしまう。お実乃は焦って声を上げた。

「待って。あたしも乗せてちょうだい」

「だったら、急ぎな」

幸い舟は満杯ではなかったようだ。無愛想な船頭に急かされて、お実乃は番所の男に目をやった。

この番所は、横浜に攘夷派を立ち入らせないようにするために造られたものだとか。丸腰で非力な娘は素性を問うまでもないらしい。ぞんざいに顎をしゃくられて、そのまま舟に乗り込んだ。

ここから開港場まではおよそ十八丁（約二キロ）離れている。海風はまだ肌寒く、小さな渡舟はひどく揺れる。おまけに頭上を飛び交う海鳥に落とし物をされないかと冷や冷やする。

だが、キラキラ光る海面を眺め、磯の香りを嗅ぐうちにだんだん気持ちが浮き立ってきた。今日は三年ぶりに姉と会えるかもしれないのだ。それからほどなく、渡舟は開港場に到着した。

舟を降りたお実乃はぐるりと開港場を見渡して――予想を超えた辺りの様子に言葉をなくした。

足を踏み入れるのは初めてでも、毎日遠目に眺めてきた。久六から話も聞いていたし、何となくわかった気になっていたのに。

ひょっとして、異国に来ちまったべか。

ここが横浜村だったなんて、信じられねぇ。

すっかり度肝を抜かれてしまい、お実乃は目をぱちくりさせた。

目の前にまっすぐ伸びる本町通りは、日本人が住んでいるはずだ。にもかかわらず、赤や黄色の頭をした異人の男が歩いている。顔は日本人に似ているのに、髪型と身なりがおかしい男もいる。

通りに面した店の看板には四角い文字（漢字）の外に怪しげな模様が描かれていて、お実乃はしばし立ちすくんだ。

「おい、大丈夫かよ」

なかなか動こうとしない娘を見て心配になったらしい。すぐそばの番所の見張りが声をかけてくれた。

「さては横浜は初めてか」

「は、はい、異人は異人の居留地にいると思っていて……日本人に交じって歩いているとは思っていなかったから」

「気にすんな。初めてなら、驚くのも無理ねぇって。ここは日本の中にできた異国だからな」

そう告げる見張りの声に異国を見下す気配はない。お実乃は気を取り直して見張りに尋ねた。

「この道が本町一丁目の大通りでしょうか」

「ああ、横浜一の大通りだ」

「あの、本町三丁目にある油問屋の橋本屋に行きたいんですが」

「この通りの二つ目の角に三井呉服店がある。そこを左に曲がった先が二丁目、その奥が三丁目だ」

そういえば、佐太郎からも同じことを聞いていた。お実乃は礼を言ってから、大通りを歩き出した。

一番の目抜き通りというだけあって、両脇の店は間口の大きな大店が多い。日本人が営むその中の一軒に異人が入っていくのを見て、お実乃は思わず足を止めた。

異人の男が小間物屋に何の用だ。この国の役人が弱腰なのをいいことに、金でも強請りとる気だべか。

暖簾（のれん）の陰から目を凝らせば、異人は店先に並ぶ簪を指さしている。手代はそれを手に取ると、すかさず指を三本立てた。

「これはいい細工ですので、いささか値が張りまして。ノーノー三分、いーち、にい、さーんぶ、そう、オケ、オケ、まいどありぃ」

ここの手代は異人と妙なやり取りをして高価な簪を売りつけている。無事買い物を終えた異人が上機嫌で立ち去ると、別の異人がやってきて同じような身振り、手振りが始まった。

簪を男が使うはずねぇから、女房か娘への土産だろう。赤鬼みたいな見た目のわりにやさしいところもあるんだな。

　お実乃は父から簪どころか、土産すらもらった覚えがない。いや、饅頭くらいは子供の頃にもらったことがあっただろうか。

　異人は力にものを言わせ、無理を通すと思っていた。気に入った物を見かければ買い叩くか、強引に奪い取るのだろうと思い込んでいたのである。

　しかし、いまの異人はとても礼儀正しかった。ことさら値切ることもなく、笑って代金を支払っていた。

　異人にもああいう人がいるのか。それにしても、簪を売り買いするのにどうして「桶」が出てくるんだべ。

　お実乃はそれが気になって、隣の葉煙草屋や向かいの酒屋ものぞいてみた。すると、みな異人と商売をしながら、笑顔で「桶」と言っている。どうやら、売り買いがまとまるたびに「桶」が出てくるようである。

　異国の桶ってどんな形をしてんだろう。船だって着ているものだってこの国のものとはまるで違う。きっと桶も違うんだべな。

　そんなことを思って歩いていたら、丸に井桁、その中に三がある藍染の暖簾が見えてきた。ここが江戸は駿河町にある三井呉服店の横浜店か。そのひときわ大きな店構えにお実乃は感心した。

そこを左に曲がってまっすぐ進み、油問屋を捜して歩く。菜種油のにおいがする店があったので、思い切って入ってみた。

「あの、こちらは橋本屋さんでしょうか」

同業の違う店だったら、どうしよう――びくびくしながら尋ねると、小僧は笑顔でうなずいた。

「はい、橋本屋でございます。油をお求めでしょうか」

ここは問屋だが、小売もしているらしい。ちゃんとたどり着けたことに安堵して、お実乃は小僧に頭を下げた。

「あたしは江戸の石田屋佐太郎さんに頼まれて、御新造さんにお渡しする櫛を届けに参りました。御新造さんはいらっしゃいますか」

「少々お待ちくださいまし」

小僧は奥へ引っ込むと、すぐに年配の男を連れてきた。ここの主人かと背筋を伸ばせば、相手は慇懃に頭を下げる。

「手前は橋本屋の番頭で安兵衛と申します。石田屋の若旦那から手前どもの御新造に届け物とはどういうことでしょう」

「あの、まずはこちらをお読みください」

袱紗の中から佐太郎の書いた文を取り出して渡す。それを読んだ番頭はお実乃に深く頭を下げた。

「どうもお手数をおかけしました。ただいま御新造は出かけております。店先で失礼ではございますが、手前がお預かりいたします」

「はい、どうぞよろしくお願いします」

袱紗ごと櫛を渡してしまうと、一気に肩の荷が下りた。番頭は両手で袱紗を受け取り、そのまま懐に入れる。

「ところで、おまえさんはどちらのお方でしょう。若旦那の文には遣いの者としか書いてありませんでしたが」

「あたしは神奈川の雷屋という茶店の奉公人です。縁あって石田屋さんから遣いを頼まれました」

「おや、それはご足労をおかけしました。これは手前の気持ちです。奉公先の旦那様にもよろしくお伝えくださいまし」

少々強引に握らされた懐紙の包みをお実乃はありがたく受け取った。外に出て懐紙の中身を確かめれば、中に一朱銀が入っていた。

岩亀楼は金を払って見物もできると茶店の客が言っていた。佐太郎からもらった分もあるし、これで見物料が足りないということはないだろう。

さっそく通りを歩いていた男に「港崎はどこにあるか」と尋ねたら、

「この先の角を左に曲がってまっすぐ進み、突き当たりの木戸を右に曲がってどんどん行けばいい。ここからじゃかなり歩くが……」

親切に教えてくれたものの、なぜか憐れむような顔をする。お実乃は不思議に思いつつ、頭を下げた。

「大丈夫です。ありがとうございました」

「いいってことよ。あんたも苦労が多いと思うが、頑張りな」

初対面の男に励まされ、お実乃は目をしばたたく。言われた通り角を左に曲がってから、勘違いされたことに気が付いた。いまの男は貧しい娘が廓に身を売りに行くと思ったのだろう。

あまりいい気分はしないけれど、仕方がない。「あんたのご面相じゃ女郎になだってなれない」と嘲られるよりはるかにましだ。

気を取り直して周囲を見たとき、こっちに歩いてくる異人の男女が目に入った。男は何人も見たけれど、女の異人は初めてだ。お実乃の目は妙な髪型や着物に釘付けになった。

頭にはごてごてと飾りのついた鉢のようなものをかぶっているし、着物は腰から下が椀を逆さにしたみたいに膨らんでいる。

一体何をどうしたら、布があんな形に膨らむのか。西洋の着物の生地の裁ち方や縫い方はどうなっているのだろう。まるで想像できなくて、お実乃は立ち止まって考え込む。

あの膨らみが全部尻ってこたぁねぇな。提灯みたいに竹ひごで形を作ってんだべか。あれじゃでっぱりが邪魔で足元なんて見えねぇべ。

それに、脱いだ後はどうやってたたむのか。提灯のように腰から下を押しつぶせば、間違いなくしわになる。

だが、あんな形では火熨斗だって当てられまい。もちろん寝押しもできないから、衣桁にかけっぱなしにするのだろうか。それとも、こっちがあっと驚くような賢いたたみ方があるのだろうか。間近に見ることで異人に対する恐ろしさが薄れる一方、不思議さはますます膨らんでいく。

太田屋新田まで来たところで、歩いている女はお実乃だけになった。浮かれた様子の男の流れについていくと、吉原を真似て造ったらしい遊廓の大門と大きな柳の木が見えた。その手前には堀があって、洒落た橋がかかっている。

周りの男たちは急ぎ足で橋を渡り、大門の中へと入っていく。しかし、お実乃は橋の手前で立ち止まった。

姉が女郎になってから、お実乃は一度も会っていない。姉が岩亀楼で亀花と名乗っていることも、雷屋に来た村の衆から教えられたくらいである。

ねえちゃんはあたしに会いてぇかな。どんなに着飾っていようと、金で買われる身の上だ。いまの姿を妹に見られたくねぇんじゃねぇか。

今日は岩亀楼に行き、姉の無事な姿をひと目見たいと思っていた。だが、堀と塀で囲まれた遊廓を見たとたん、会うのが怖くなってしまった。

女郎を指して「籠（かご）の鳥」とはよく言ったものだ。これではどんなに逃げたくなっても逃げられないと思っていたら、

「お実乃ではないか」

こんなところで名を呼ばれ、心の臓が縮み上がる。胸を押さえて振り向けば、黒羽織に袴（はかま）姿の新田二三郎が立っていた。

神奈川奉行所の同心が日も高いうちからこんなところに来るなんて。異人を襲った賊が捕えられたと聞いたけれど、他にも仕事はあるはずだ。

新田様は真面目な人だと思っていたのに。役人がそんなことだから、異人になめられるんだべ。

知らず目をつり上げれば、二三郎の目つきも険しくなる。

「なぜこのような場所にいる。ここは女の来るところではない」

「新田様こそどうしてここに。まだ昼ですよ」

「大きな声で名を呼ぶな。わたしは仕事だ」

顔色を変えた相手に叱られて、お実乃は口を尖らせる。

神奈川奉行所の同心に港崎でする仕事などあるだろうか。内心疑いを深めながら、「あたしだって仕事です」と言い返した。

「お客に頼まれてお遣いに来たんですから」

「そのお遣い先は港崎ではないだろう。寄り道しないで、さっさと帰れ」

痛いところを突かれてしまい、お実乃は無言でそっぽを向く。だが、言われっぱなしは悔しいと、二三郎の頭からつま先まで目を走らせた。

「髷は結い立てじゃないようですけど、草履はまだ新しいじゃありませんか。めかし込んで港崎に来た方に『仕事だ』と言われても、とても信じられません」

「別にめかし込んでいるわけではない。草履が新しいのは、楼主や異人に侮(あなど)られないためだ」

「ちょっと、気にするところが違いますよ」

遊廓で気にするべきは女郎の目で、楼主や異人ではないだろう。呆れたような顔をすれば、相手は大きなため息をつく。そしてお実乃の腕を掴み、人気のない高札場の奥に連れていった。

「わたしは運上所に勤める同心で、エゲレス語ができる。今日は知り合いの大店の主人が異人をもてなすことになり、通辞として呼ばれただけだ」

運上所は波止場のそばにある貿易を取り仕切る役所らしい。お実乃は目を丸くして二三郎に聞いた。

「それじゃ、神奈川奉行所の同心じゃないんですか」

「運上所も神奈川奉行所の支配だ。同心同士の行き来もあるし、嘘をついたつもりはない」

だが、貿易のあれこれを取り仕切るのと、悪党を取り締まるのはまるで役目が違う。お実乃は聞かずにいられなかった。

「そんな方がどうして八州廻りと悪党の探索をしていたんですか」

「襲われた異人から話を聞くとき、わたしが通辞を務めた。その縁で上役から権藤殿の手伝いを命じられた」

不満げに答える姿から、お実乃は二三郎が雷屋の二階で海の向こうを睨んでいたことを思い出す。あれは黒船や異人ではなく、無理難題を言いつけた運上所の上役を思って睨んでいたのか。

「納得したか。ところで最近、希一を見かけなかったか」

希一は権藤の手下だから、権藤に聞けばいい。なぜ自分に尋ねるのかと訝しく思いつつ、お実乃は首を左右に振った。

「いいえ、三人揃って出ていかれてから見かけたことはありません。あの人がどうかしたんですか」

「五日前に突然姿をくらました。台の茶屋は人通りが多いだろう。もしあいつを見かけたら、すぐわたしに知らせてくれ」

八州廻りの手下がいなくなったくらいで、どうしてむきになっているのか。二三郎の真剣な表情にお実乃は思わず苦笑した。

「大の男をそんなに心配しなくたって」

「別にやつの身を案じているわけじゃない」

「だったらどうして……そういえば、三日前にまた異人が襲われて、賊は捕まったそうじゃないですか」

「なぜそのことを知っているっ」

佐太郎に聞いたことを口にすれば、二三郎が目を剝いた。いままでにない剣幕にお実乃はたちまち不安になる。

「い、雷屋に泊まったお客さんがそう言っていたんです。ひょっとして、捕まっていないんですか」

捕物の末に逃げられたのなら、奉行所の恥になる。恐る恐る打ち明けたが、相手は黙り込んだままだ。ややして思い切ったように口を開いた。

「実は、希一が攘夷派の手先だったことが判明した」

「それじゃ、権藤様を裏切っていたってことですか」

お実乃はもちろん驚いたが、希一が攘夷派の手先なら自分の勘も少しは当たっていたことになる。とはいえ、権藤に助けられておきながら、その恩人を裏切るなんて。恩を仇で返すとはこのことだ。

「攘夷派浪士がなかなか捕えられないのは、希一さんみたいな人がいるからなのね」

探索する側に攘夷派の仲間がいれば、やっていることは筒抜けになる。お実乃が八州廻りに同情したとき、二三郎がかぶりを振った。

「いや、希一は権藤殿の手下ではない。御奉行の密偵だ」

異人を襲ったのが轟組かもしれないとの報告を受け、神奈川奉行は以前から轟組を追っている関東取締出役の権藤に探索を命じた。

しかし、権藤はとかく横紙破りの振る舞いが多いため、密偵の希一と運上所の同心である二三郎をつけたそうだ。

「希一のことが世間に知られれば、御奉行の面目は丸つぶれになる。攘夷を企んでいるからには、やつはいまも横浜の近くに潜んでいるかもしれん。もし見かけたら、すぐに教えてもらいたい」

「はあ」

思いつめた表情の二三郎には悪いけれど、間の抜けた返事しかできなかった。

希一だって馬鹿ではない。追われているのがわかっていたら、横浜や神奈川には当分近づかないだろう。

「あの、三日前に異人を襲った連中はお縄になったんですよね。希一さんの立ち寄り先を知っているんじゃありませんか」

「それは……こうなったら順を追ってすべて話すしかなさそうだな」

ためらった末に語られた内容は思いもよらないことだった。

「それじゃ、三日前にお縄になった連中が先月晦日にも異人を襲っていたんですか」

「ああ、轟組の仕業ではなく、幕臣の部屋住みのやったことだった」

二三郎によれば、幕臣の部屋住みが異人を襲ったこと自体、希一が仕組んだことだという。お役に就けない肩身の狭さ、外国御用出役となった知り合いへの妬ましさ——そういうものを焚きつけて、まんまと異人を襲わせたらしい。

「だったら、どうして轟組の仕業だなんて」

「襲われた異人の聞き間違いだ。部屋住み連中は『世直し連』と名乗り、『我らの名は天下に轟く』と言ったらしい。だが、異人が聞き取れたのは『我らの名』と『轟く』だけだったということだ」

そんな馬鹿なと呆れたとき、お実乃はふと開港場の商人と異人のやり取りを思い出した。日本人には異国の言葉がちんぷんかんぷんのように、異人には日本の言葉がちんぷんかんぷんなのだろう。

「それにしても、希一さんはどうして権藤様、じゃなくて御奉行様を裏切ったんでしょう」

あの見た目と話し方からして、希一が陰間上がりというのは本当だろう。どういう経緯で奉行の密偵になったにせよ、裏切ればただではすまないことはわかっていたはずである。

だが、二三郎はそっけなかった。

「そんなこと、わたしが知るものか。いいか、このことは誰にもしゃべるなよ。そして希一を見かけたら、すぐわたしに知らせるんだ」

「わかりました」

「では、一刻も早く雷屋に帰れ。港崎は物騒だ」

自分の言いたいことだけ言って、お実乃を追い返そうとする。身勝手な相手にお実乃は慌てて言い返した。

「ちょ、ちょっと待ってください。あたしはまだここでやることがあるんです」

「若い娘が遊廓で何をするつもりだ」

苛立つ相手に睨まれて、お実乃はしばし言葉に詰まる。二三郎が通辞として呼ばれたなら、異人と商人が女と遊ぶ傍らに控えるのだろう。その敵娼に亀花がいるか、ここで聞いてみればいいのに怖くて尋ねることができない。

黙って足元を見つめれば、二三郎が顔をしかめてこめかみを押す。

「わたしは別に意地悪で早く帰れと急かしているわけじゃない。五十鈴楼の美鈴花魁が異人を袖にしたという話を知っているか」

「知っています。瓦版になりましたから」

だからこそ、姉の無事を確かめたくてここまで来たのである。勢い込んで答えると、意外な言葉が返ってきた。

「そのせいで攘夷派が港崎に来た異人を襲うという噂がある。巻き込まれたら面倒だから、急いで帰れと言っているんだ」

「で、でも、遊廓は堀と塀で囲まれていて大門しか出入口がないんでしょう。異人を斬った後、逃げられないじゃありませんか」

「おまえが言う通り、大門を閉められたら袋の鼠だ。まともな頭を持っていれば、港崎で異人を襲うとは思えない。だが、逃げるつもりがなければ、ここほど襲いやすいところもない」

男女で戯(たわむ)れているとき、人はもっとも無防備になる。そして、異国の役人の多くが港崎に足を運んでいる。

「幕府はなりふりかまわず異人の機嫌を取っているのに、五十鈴楼の美鈴は一介の女郎でありながら裕福な異人を撥ねつけた。女ながら天晴と攘夷派の連中は盛り上がっているらしい。自分たちも命を惜しまず、急ぎ攘夷を行うべきだとあちらこちらで騒いでいるとか」

「なんとまあ、はた迷惑な……」

最中に襲われれば、異人だけではなく敵娼の女郎も巻き添えを食う。美鈴花魁を持ち上げておきながら、天下国家のためなら女郎の命など物の数ではないのだろう。

「美鈴花魁の一件が瓦版にならなければよかったのに」

丸腰の花魁が美貌と矜持で短銃を持った異人を追い払う——それは痛快な出来事ではあるけれど、単に運がよかっただけだ。再び似たようなことが起きたとき、追い払える保証はどこにもない。さらに異人を撥ねつけられなかった女郎は「意気地がない」と後ろ指をさされるのだろう。

どうしてみな自分のことを棚に上げて好き勝手を言うんだべ。自分がその立場になれば、うまくできねぇくせに。

もし自分が女郎だったら、異人を撥ねつけられるだろうか。お実乃がふと考えたとき、二三郎が小声で言った。

「わたしは美鈴花魁の一件が眉唾だと思っているが」

「それじゃ、でまかせなんですか」

「通辞をさせられるせいで、不本意ながら大見世に行くことが多くてな。美鈴は短銃を向けられて啖呵が切れるような、気の強い娘じゃない。恐らく、楼主が瓦版屋に命じてあることないことを書かせたんだろう」

五十鈴楼は岩亀楼に次ぐ大見世で、耳目を集めるために何かと策を弄するらしい。だが、「今度ばかりは裏目に出た」と、二三郎は顔をしかめた。

「異人の耳にも美鈴花魁の噂が届き、五十鈴楼には異人が寄り付かなくなっている。その分、岩亀楼に異人が集まっているようだ」

大見世に行くことが多いなら、姉のことも知っているに違いない。お実乃はごくりと唾を呑んだ。

「あの、新田様は亀花花魁を知っていますか」

思い切って尋ねれば、二三郎は驚いたような顔をする。

「亀花というと、岩亀楼の花魁か」

「はい、そうです」

「どうしてそんなことを聞く」

ここで「亀花は姉だ」と打ち明けて、二三郎は信じてくれるだろうか。いままでさんざん「似ていない」と言われてきたのに。

ぐずぐずと迷っているうちに、九ツの鐘が鳴り出した。

とたんに二三郎が慌てだす。

「あいにくだが、亀花のことはよくわからん。とにかく、おまえは一刻も早く雷屋に戻れ。わかったな」

二三郎はそう言って再び大門へと走り出す。お実乃はその背中を追うことも、引き留めることもできなかった。

九

ここ何日か暖かい日が続き、桜のつぼみも膨らんだ。

いま眺めるなら桜の木だと思うけれど、隠居の末五郎は今日も今日とて庭の松の木を眺めている。

松は一年中緑で縁起もいいが、美しい花が咲くわけじゃねぇ。食べられる実がなるわけでもねぇのに、ご隠居さんはよく飽きねぇな。

洗濯物を干し終えて、お実乃はそっと末五郎の様子をうかがった。

今日で二月が終わり、ここにいるのもあと五日だ。正直情けない終わり方だが、諦めるしかないだろう。

次はどんなところに奉公することになるんだべ。この際、横浜でもいいかもしれねぇ。

以前は毛嫌いしていたけれど、横浜には新しいものが数多く入ってくる。店はどこも活気にあふれ、奉公人だって活き活きしていた。

それに横浜で働けば、姉の噂も耳に入りやすくなる。そんなことを思いながら昼餉の握り飯を作っていたら、台所にお秀が入ってきた。

「お実乃、この文を青木町の野崎屋さんまで届けておくれ」

いまから青木町に行き、また戻ってくれば、九ツは過ぎてしまうだろう。お実乃は抜かりなく念を押す。

「あの、昼までに戻ってこられないと思いますけど」

「できるだけ急いでおくれ。それでも間に合わないなら仕方がない」

その言い方に苦笑して、お実乃は差し出された文を受け取った。

青木町は瀧之橋の手前にあり、その先には松平隠岐守によって造られた台場がある。

日が暮れていたら、お秀は久六に行かせようとしたはずだ。

お内儀さんもこれから大変だ。久さんが心を入れ替えて、しっかり働いてくれればいいけんど。

お秀は厳しいところもあったが、初めての奉公にとまどうお実乃に根気よく仕事を教えてくれた。茶汲み女たちに嫌みを言われていると知れば、「気にするな」と励ましてくれたものだ。

次の奉公先では、どんな人の下につくことになるのだろう。お実乃は幾分前かがみになりながら、文を懐に入れて店を出る。いつものように坂を下って金毘羅様の前にさしかかったとき、菅笠をかぶった旅人にいきなり腕を掴まれた。

お実乃は声を出して助けを求めようとしたけれど、口を塞がれて人気のない脇道へ引っ張り込まれる。万事休すと目を閉じれば、聞き覚えのある声がした。

「大きな声を出すんじゃないよ。あんたみたいな不細工に進んで手を出すわけがないじゃないか」

すぐさま言い返したかったが、口を塞がれているのでかなわない。目だけ相手のほうに向けると、笠の下に希一の端整な顔が見えた。

「いいか、手を離すが騒ぐなよ。おとなしくしていれば、あんたの知りたいことを教えてやる」

何が何だかわからないままその言葉にうなずくと、ゆっくり手が離される。お実乃は勢いよく息を吸いすぎて咳き込んだ。

「何やってんだ。あんたはいちいちどんくさいな」

無理やり人を脇道へ連れてきて「どんくさい」とは何事だ。お実乃は咳が治まったところで嚙みついた。

「そっちが突然人さらいみたいな真似をするからいけねぇんだ。いくら人目を避けたいからって、もっとやりようがあるはずだべ」

いまだって本音を言えば恐ろしい。希一は神奈川奉行を裏切って攘夷派の手先になっていたのだから。ちょっとでも気を抜けば、身体がぶるぶる震えてきそうだ。

だが、こちらが恐れていることを相手に悟られてはいけない。何が狙いか見定めて新田様に知らせないと。

「あたしに何の用ですか」

今度は平静を装って尋ねれば、希一の片方の眉が上がった。

「権藤か新田に何か言われたたな」

襟を両手で摑まれて、再び息が苦しくなる。痛い目に遭いたくない一心で、お実乃はあっさり白状した。

「新田様があんたは攘夷派の手先だから……顔を見たら知らせろって……」

「なるほど、新田の旦那がね。そういうことなら教えてやるか」

襟から手が離れていき、お実乃はその場にしゃがみ込む。そして、立っている希一に恨みの目を向けた。

「そんな顔をするなって。本覚寺のそばで騒がれて、見張りや警護の侍に駆け付けられるとまずいんだ」

今日の希一は最初から男言葉を使っている。そのことに慣れないものを感じながら、お実乃は口を尖らせた。

「だったら、何で会いにきたの」

「場合によっては、力を貸すって言っただろうが」

「えっ」

「ついでに着物の袖を繕ってもらった礼をしようと思ったのさ。雷屋の三人の客を毒殺したのは、隠居の末五郎だぜ」

唐突な言葉にお実乃の頭が混乱した。

あれは自害ということで自分もすでに納得している。よりによって、末五郎が下手人だなんて見当違いも甚だしい。

いまさら聞きたくなかったと、お実乃は目をつり上げた。

「藪から棒に馬鹿なことを言わないで」

「どうして」

「だって、ご隠居さんは足が悪くて……隠居部屋からほとんど出ないもの」

だから、末五郎は茶筒に毒を盛ることができない——お実乃の説明に希一は口の端をつり上げた。

「だが、歩けないわけじゃねぇだろう。厠にはひとりで行くじゃねぇか」

お実乃が渋々うなずくと、相手は満足そうに微笑んだ。

「なら、どうとでもなるはずだ。おまえが二階の掃除をしているときに、台所の茶筒に毒を盛ったに違いねぇ」

「だったらその後は？　ご隠居さんはいつ毒の入った茶葉を捨てたのよ。菊の間の年寄りが死んだときも、望月様たちが死んだときも、あたしが確かめたときにはもう茶葉が少なくなっていたわ」

「じゃあ、夜中に茶葉を捨てたんじゃねぇのか」

「ご隠居さんは母屋の一番端で寝ているのよ。真っ暗な中、ひとりで杖を突いて店の台所まで歩いてこられるもんですか」

強い調子で断言すれば、希一は首をすくめた。

「やれやれ、ずいぶん隠居を信じているようだ」

「当たり前でしょう。そもそも、どうしてご隠居さんが雷屋の客を殺さなくちゃいけないのよ」

仁八を妬んでいるだろう久六と違い、末五郎は自ら進んで仁八に身代を譲ったのだ。楽隠居の身を危うくしてまで、初対面の人間を殺すとは思えない。

そんな馬鹿げたことを言うために、この人はここまで来たのだろうか。お実乃は疑いの目を希一に向けた。

「ねえ、あんたは役人に追われているんでしょう。どうしてあたしにそんなことを言いにきたのさ」

「そりゃ、あんたが心配だったからよ」

人をさんざん下手人扱いしておいて、いまさら心配されるとは思わなかった。つい「嘘でしょう」と呟けば、希一はかすかに苦笑する。

「そそっかしいあんたのこった。末五郎が人殺しとは知らないで、やつの秘密をうっかり嗅ぎつけちまうかもしれねぇ。嗅ぎつけなくとも、やつがあんたを目障りに思ってひと思いに殺すかもしれねぇだろうが」

末五郎が人殺しなら、十分あり得る話である。だが、いきなりそんなことを言われても、にわかに信じることはできない。

「どうでも信じられねぇのなら、雷屋の松の木の下を掘ってみな。やつの悪事の証が土の下から出てくるはずだ」

その言葉を聞いて、お実乃の中でうっすらと末五郎への疑いが芽生えた。

暇な隠居が日がな一日眺めている松、その木の下に悪事の証が埋められているなら……掘り起こす者がいないように見張っているということだ。

とはいえ、攘夷派の手先がどうしてそんなことを知っているのか。お実乃のとまどいを読んだように、希一は答えた。

「あたしは隠居部屋で末五郎と権藤が話しているのを盗み聞きしたんだよ」

「何で、そんなことを」

「あたしが調べていたのは轟組じゃなく、八州廻りの権藤伝助だ。やつに気付かれないようにあれこれ探るのは苦労したぜ」

そして、末五郎が権藤に望月たちを殺したと白状したのを聞いたという。しかし、そんなことはあり得ないとお実乃は首を横に振った。

「権藤様は八州廻りですよ。そんなことをしたら、ご隠居さんはお縄になっちまうじゃない」

「だが、末五郎はお縄になっちゃいねぇ。二人はもともと通じていたのさ」

思いがけないことばかりで頭がうまく働かない。二の句が継げないお実乃を見て、希一がにやりと笑った。

「このことは隠居はもちろん、権藤にも絶対に言うんじゃねぇぞ。命が惜しかったらな」

言うなり、希一は走り出す。

慌てて後を追いかけたが、女の足では追いつけない。希一の背中が見えなくなっても、お実乃はしばらく立ちすくんでいた。

希一が神奈川奉行の密偵として働いていたのであれば、盗み聞きくらいお手の物だろう。そういえば、久六が厠のそばでたびたび希一を見たと言っていた。それは末五郎の部屋を盗み聞きした帰りだったのか。

だが、攘夷派の手先の言うことを真に受けていいのだろうか。希一の話が正しければ、権藤は人殺しを見逃した罪人だが、希一だって神奈川奉行を裏切って攘夷派に通じた罪人である。

必死に走ったせいで心の臓はまだ大きな音をたてている。お実乃はひとまず野崎屋へと歩き始めた。

本覚寺の前には今日も役人が立っている。気のせいかもしれないが、顔つきが前よりも険しく感じられた。

菅笠で顔を隠したって、見破られるかもしれねぇのに。あの人は本当にあたしを案じて下手人を教えにきたんだべか。

だとしたら、その思いを蔑ろにはできない。どのみち希一を見たら教えろと言われている。ここは運上所の二三郎に相談したほうがいい。

幸い、手元には佐太郎からもらった金が残っているし、運上所は波止場のそばにある。野崎屋からの行き帰り、お実乃は知恵を絞って横浜に行く口実を考えた。

「遣いの途中で権藤様とお会いして、新田様への伝言を頼まれました。いますぐ行ってまいります」

雷屋に戻るなり、野崎屋からの返事を差し出しながらお実乃は仁八にそう告げた。帳場を通りかかったお秀が顔色を変えて異を唱える。

「ちょっとお待ちよ。茶店はいま客であふれているんだよ。横浜まで遣いに行くなら、店が空いてからにおし」

「ですが、権藤様から『急いで頼む』と言われました。お役人の言いつけに背(そむ)くわけにはいきません」

言い返されたお秀はますます不機嫌になったけれど、役人を恐れる仁八はだめだと言わなかった。渡舟を使ってまっすぐ運上所を訪ねれば、見るからに場違いなお実乃は門番に止められた。

「ここはおまえのような娘の来るところではない。早々に立ち去れい」

「あの、あたしは実乃と申します。新田二三郎様にお取次ぎを願います」

門番にそう告げたとたん、二人の門番が目と目を合わせた。

「それはエゲレス語ができる同心の新田様か」

「はい、そうです。急いでお伝えしなければならないことがあるんです」

「いまは出かけておられる。また出直してくるがいい」

文字通り門前払いを食い、お実乃は呆然と立ちすくむ。

本当に二三郎はいないのか。それとも、自分を追い払うための方便なのか。「いつごろ戻られますか」と尋ねれば、「知らん」と一言だけ返ってきた。この調子では、追い払うための方便と思ったほうがよさそうだ。

途方に暮れるお実乃の脇を通り、大店の商人風の男たちや背の高い異人が運上所の中へ入っていく。

二三郎が本当に出かけているのなら、ここで待っていれば会えるだろう。しかし、運上所の中にいるのなら、どうすれば会えるのか。

新田様はここに住んでいるわけじゃねぇもの。待っていれば、いずれ仕事を終えて出てくるべ。

とはいえ、当てもなく待つのはつらい。日の高いうちに出てきてもらいたいと思っていたら、いきなり肩を叩かれた。

「娘さん、運上所に何の用だ。ここは欲の皮の突っ張った商人どもならともかく、若い娘が来たって面白いことなんか何もねぇぞ」

びっくりして振り向けば、四十半ばと思われる小柄な武士が立っていた。

「おお、なかなか愛嬌のある顔をしているな。運上所に来たのは初めてだろう」

「は、はい」

「やっぱりそうか。おめぇさんのような顔は覚えやすいから、一度見れば忘れないと思ったが……いや、ちょっと待て。おめぇさん、ひょっとして神奈川宿の茶屋、雷屋のお実乃ではないか」

　初対面の相手にこちらの素性を言い当てられて、お実乃は目を丸くする。とっさに声が出なかったので、首だけ何度も縦に振った。

「なるほど、確かに前歯が出ているな。それで今日はどうしたんだい。二三郎に会いにきたのか」

　察しがいいのは助かるものの、役人にしてはいささか砕けすぎではないだろうか。目の前の人物を信じていいのか決めかねて、お実乃は上目遣いで尋ねた。

「あ、あの、あなた様は」

「まだ言っていなかったか。俺は二三郎の上役で、支配定役の斎藤竜之進だ。こんなところに突っ立ってねぇで、中に入ればいいだろう」

「あの、新田様は出かけているから出直せと言われて」

　そう言って門のほうを見れば、門番二人が顔色を失ってこちらの様子をうかがっている。斎藤はそれを見て豪快に笑った。

「なに、もうじき戻って来るはずだ。それまで俺が相手をしてやる」

小柄な侍は大股で中に入っていく。お実乃はその後を小走りで追いかけた。

「おめぇさんが来たってこたぁ、ひょっとして希一を見かけたのか」

二三郎の上役だけあって、斎藤はすべての事情を承知しているらしい。お実乃がうなずくと、そのまま小部屋に通された。

「詳しいことは二三郎が戻って来てから聞くとして、おめぇさんの歳はいくつだい」

「え、えっと、十八になりました」

「そうかい、いつから雷屋で奉公している」

「三年前からですが」

「住み込みの女中がひとりしかいねぇんじゃ、いろいろ大変だったろう。挙句、こんな訳のわからねぇ事件に巻き込まれて災難だったなぁ」

何と聞いているのか知らないが、斎藤はペラペラ話しかけてくる。偉い役人に馴染みがないため、お実乃は聞かれたことに短く答えることしかできなかった。

「二三郎もあれで見込みがあるんだぜ。やつがエゲレス語を話せるのは下田にいたからだが……この話は聞いたかい」

「いいえ」

互いに身の上話をするような間柄ではない。何やら勘違いされている気がするけれど、満足そうな斎藤にそんなことは言えなかった。

「あいつの父親は御家人の次男で、商家に婿入りしたんだよ。下田でも指折りの大店だったらしいが、何かと肩身が狭かったんだろう。二三郎が幼いときに婿入り先を飛び出しやがった。その後、二三郎は父方の伯父に引き取られたが、世間のやつらは陰でいろいろ言いやがる。あいつはそれを撥ねのけるために、アメリカ人からエゲレス語を学んだのさ」

「そうだったんですか」

二三郎も親のことで苦労していたのか。お実乃がしみじみ相槌を打てば、斎藤が身を乗り出した。

「だから、あいつは遊んでいる暇なんかなくってな。朴念仁だが、悪いやつじゃねぇ」

「はあ、わかります」

「そうか、わかるか」

やけにうれしそうに破顔され、お実乃は面喰らってしまう。

役人はみな威張っていると思っていたが、こんな気安い人もいるのか。見た目も小柄で肉付きがよく、武士より商人のほうが似合いそうだ。

それはそれで頼りにならない気がするけれど、二三郎は斎藤に目をかけられているらしい。他人事ながら「よかった」と思っていたら、その当人が飛び込んできた。

「斎藤様、お実乃に何を吹き込んでいるんです」

「もう帰ってきたのかよ。これからいいところだったのに」

悪びれない斎藤にひとくさり文句を言ってから、二三郎はお実乃のほうを見た。

「お実乃、希一をどこで見た。まだ神奈川にいるのか」

斎藤も二三郎もどうしてこういきなりなのか。お実乃が返事に困っていると、上役がかすかに苦笑する。

「こういうことは順を追って聞いてやりな。お実乃、希一をいつどこで見かけたか教えてくれるか」

「はい、今日の昼に金毘羅様のそばで会いました。あたしに話があったみたいで」

「金毘羅様と言えば、本覚寺の近くじゃないか。どうして希一はそんなところに……それで、おまえに何を言った」

信じられないと言いたげに二三郎が目を眇める。お実乃はむっとして二三郎を睨みつけた。

「どうしてそこにいたかなんて、あたしが知るわけないでしょう。あたしが知っているのは、希一さんが……」

末五郎が人殺しだと言われたと伝えてしまっていいのだろうか。お実乃はしばしためらったが、覚悟を決めて口にした。

「うちのご隠居さんが望月様たち三人に毒を盛って殺したと言われました。悪事の証が庭の松の下に埋まっているとも」

「何だって」

二三郎にとってもこの話は寝耳に水だったらしい。無言で考え込んでしまい、斎藤が代わってお実乃に尋ねる。

「そいつはまた穏やかじゃねぇな。隠居が三人も殺したってなぁどういうことだい」

お実乃がたどたどしくこれまでの経緯を説明すれば、斎藤は皮肉混じりの笑みを浮かべた。

「二三郎、こりゃどういうことだ。雷屋でそんな物騒なことがあったなんて聞いちゃいねえぞ」

「その、権藤殿が望月たち二人は自害だとおっしゃったので……関東取締出役がそう判断したのなら、間違いないと思いました」

悪党の探索は二三郎の本来の仕事ではない。八州廻りの言葉を鵜呑みにしてもやむを得ないと思ったのか、斎藤は「まあいい」と呟いた。

「希一はああ見えて優秀な密偵だ。裏切ったとはいえ、根も葉もないことを言うとは思えん。だが、それを伝えるためにアメリカ領事館の近くまで足を運ぶとは……おめぇさんはあいつとよほど親しかったのか」

「とんでもない。初めは、あたしが死んだ三人に毒を盛ったに違いないと、さんざん疑われたんでございます」

勘違いも甚だしいとお実乃は首を左右に振る。斎藤は顎に手を当てた。

「するってぇと、何でそんな話をしに来たんだ。自分が追われているのはわかっているだろうに」

「一応、着物を繕ってもらった礼をするためだと言っていましたが」

もしくは、さんざん疑った罪滅ぼしだったのか。

とはいえ、その程度のことで我が身を危険にさらすだろうか。半信半疑のお実乃に斎藤が口の端を上げる。

「実はおめぇさんに惚れていて、このままだと隠居に殺されると心配したのかもしれねぇな」

いくら何でもそれはないと、お実乃は首を横に振った。

「希一さんには悪いけど、あたしはいまもご隠居さんが下手人だなんて信じられないんです。ご隠居さんは足が悪くて、母屋の隠居部屋からめったに出ません。これまで台所で見かけたことは一度もないし、茶筒に毒を仕込めるとは思えません。それに何より客を殺す理由がないでしょう」

「そう思うなら、放っておけ。俺たちは希一の行方が知りたいだけだ。雷屋の隠居のことなんてどうでもいい」

斎藤はそう言うけれど、希一の言葉がすべて口から出まかせとも思えない。我が身を危険にさらしてお実乃を騙したところで、何の得にもならないのだ。

希一の言い分は正しいか否か。

決めかねるなら、確かめてみればいい。

お実乃は迷いを振り切った。

「悪事の証が雷屋の庭の松の下に埋まっていると言われたので、試しに掘ってみようと思います」

「だったら、二三郎も手伝ってやれ」

覚悟を決めて言葉にすれば、斎藤は驚くでもなく付け加える。いきなり命じられた二三郎は目を白黒させた。

「斎藤様、急に何を言い出すんですか」

「お実乃ひとりに松の根元を掘らせるなんて、気の毒だと思わねぇか。異国じゃ男が力仕事を進んで引き受けるって、おめぇが言っていたんだぜ」

「……わかりました。斎藤様のご命令なら異存はありません」

あっという間に話がまとまり、今度はお実乃がうろたえる。

疑いは人を傷つける。だから雷屋の誰にも見つからないよう、こっそり掘るつもりだったのだ。役人に手伝ってもらったら、嫌でも大事になってしまう。

「あの、あたしひとりでも地べたを掘ることはできますから」

「それで、人殺しの証とやらが本当に出てきたらどうする気だ。末五郎は正体を知ったおめぇさんを生かしちゃおかねぇと思うがな」

呆れ顔で告げられて、お実乃はにわかに怖くなる。たいしたものは出てこないとたかをくくっていたけれど、何かとんでもないものが出てきたら？

あと五日で雷屋を出ていくのだから、下手に動かないほうがいい——一瞬、そう思いかけ、それではだめだとかぶりを振った。

雷屋を出ていくからこそ、いま調べておくべきだ。お実乃は改めて覚悟を決め、二三郎に頭を下げた。

「では、今夜四ツ（午後十時）までに雷屋までお越しください。裏の潜り戸を叩いてくれれば、あたしが開けます」

「今夜四ツだと？」

「はい、今度のことは夜の闇に紛れてこっそりやるしかありません」

二三郎は渋々承知した。

十

お実乃が開港場の渡舟場から舟に乗ったのは、日が西に傾いた頃だった。

渡舟場から駆け足で雷屋の台所に戻ったところ、お秀が不機嫌もあらわに声を荒らげた。

「おやまぁ、ずいぶんお早いお戻りだね」

「お内儀さん、遅くなってすみません。いますぐ手伝います」

下手な言い訳は、かえって相手の機嫌を悪くする。前掛けをつけたお実乃がお秀のそばに行ったところ、

「今日は久六がいないから、あんたが大旦那の夕餉を運んでおくれ。ああ、お相伴はしなくていいよ」

「え、久さんはどこへ行ったんですか」

思いがけないことを言われて、お実乃はとっさに聞き返した。

末五郎は怠け者の下男がお気に入りで、いつも酒の相手をさせている。当然久六は大喜びで、末五郎の夕餉だけは必ず運んでいたのである。

「半刻前、大旦那の遣いで出かけたのさ。まったく、うちの住み込みはみな糸の切れた凧みたいなんだから」

年中仕事を怠けていなくなる下男と一緒にされたくないが、今日ばかりは言い返せない。お実乃は「そうですか」とうなずいて、夕餉の膳を手に取った。

できれば疑いが晴れるまで、末五郎には近づきたくなかったのに。本当にうまくいかないと、膳を運びながらため息をつく。

茶店の端の台所と母屋の端の隠居所は一番遠く離れている。お実乃は銚子の酒に気を配りながら先を急いだ。

「ご隠居さん、夕餉を持ってまいりました」

襖越しに声をかければ、中から「お入り」と返事がある。お実乃を見た末五郎は不思議そうな顔をした。

「おや、久六はどうしたんだい」

「遣いに出たっきりまだ戻っていないそうです」

「おや、青木町はずいぶん遠くなったんだな。それじゃ、今晩はお実乃に付き合ってもらおうか」

穏やかな笑顔と口ぶりはいつもの末五郎のものである。お実乃は笑い返そうとしたが、顔がこわばってうまくできない。

末五郎が眉を寄せた。

「何だか様子がおかしいね。さては神奈川奉行所で何かあったのかい。権藤様の伝言を新田様に知らせたんだろう」

「……はい」

「どんなことを知らせたんだ。攘夷派の探索についてかい」

そう尋ねる顔つきがなぜかいつもと違って見える。もっと違う口実で二三郎を尋ねればよかったと後悔した。

希一は「権藤と隠居の話を盗み聞きした」と言っていた。末五郎が権藤と通じているなら、二三郎の素性だって当然知っているだろう。いまさら運上所の役人に伝言なんておかしいと疑っているはずだ。

とりあえず、この場をごまかそうと必死に知恵を絞りだす。

「すみません、人にしゃべってはいけないと命じられているんです」

苦しまぎれを口にすれば、末五郎はあっさり引き下がる。「いただこうか」と呟いて、自分で猪口に酒を注いだ。

夕餉に手を付けたのだから、これでお役御免だろう。末五郎は手酌のようだし、相伴はしなくていいとお秀から言われている。そろりと腰を浮かせれば、「今日は遣いが多くて大変だったね」とねぎらわれた。

部屋から一歩も出なくとも、末五郎は自分の行動をすべて知っている。背筋に冷たいものが走り、猪口を干す相手をじっと見る。

「お秀が茶菓子を運んでくれたんだがね、お実乃がいないと大変だとこぼしていたよ。今日は天気がよくて、茶店も繁盛したようだ」

ならば、お秀が愚痴混じりにお実乃のことを教えたのか。お実乃はため息だとばれないように細く長く息を吐き、ゆっくり肩の力を抜いた。

「お内儀さんは大変だったんですね。あたしは百姓育ちなんで、歩くのは苦になりませんから」

努めて明るく返しながら、末五郎の手元を見つめる。このままここにいるのなら、自分が酌をすべきだろう。

だが、いまはそばに寄りたくない。平気なふりで口をきいているだけで精一杯だ。お実乃が「台所に戻る」と言おうとしたとき、ひと息早く末五郎が言った。

「だから、仁八に暇を出さないように言おうと思ってね」

「えっ」

「あんなことを言っておいて決まりが悪いが、お実乃には高い給金を払っているわけじゃない。それに、誰よりも骨惜しみせずに働いてくれるからね。このまま雇い続けても構わないと思い直したのさ」

末五郎がいまになってこんなことを言い出すなんて……。複雑な思いで見返せば、隠居は困ったような顔をする。

「もちろん、お実乃の気持ち次第だが」

「これからも奉公を続けられるなら、あたしはありがたいです」

昨日までの自分なら諸手を挙げて喜んだ。だが、いまはそこまで喜べない。ためらいがちに承知すると、末五郎が目を細める。

「そうかい。じゃあ、明日にでも仁八に頼んでみよう」

「よろしくお願いします。あの、ご隠居さん。あたしはそろそろお内儀さんの手伝いに戻ります」

恐る恐る申し出れば、相手は鷹揚にうなずいた。

「ああ、いいよ。引き留めて悪かったね」

お実乃は「とんでもない」と首を振り、静かに隠居部屋を出る。母屋と店をつなぐ渡り廊下まで来たとたん、身体が小刻みに震え出した。

希一に「隠居が望月たちを殺した」と言われたときは、ほとんど信じていなかった。松の木の話を聞いて「ひょっとしたら」と思い始めたが、それでも「ご隠居さんに限って」という思いのほうが強かった。斎藤や二三郎に相談したのは、ひとりで不安を抱えていたくなかったからだ。

しかし、いまは末五郎の言うことすべてが疑わしく感じられる。前にお実乃が頼んだときは「他の店で働いたほうがいい」と言い切っておきながら、いまになって奉公を続けさせようとするなんて。

疑いは人を傷つける。一度は傷つけてしまったから、再び疑うような真似をしたくないのに。

新田様、早く来てくれねぇかな。

渡り廊下で立ち止まれば、嫌でも厠が目に入る。そしてお秀の小言を聞きながら夕餉を食べ、昼間できなかった片付けや、繕い物に精を出した。

いつもならあっという間に時が過ぎるのに、今日は遅々として進まない。じれったさが高じてだんだんイライラしてきたとき、台所の火の元を確かめたお秀が言った。

「続きはもう明日でいいよ」

「はい、おやすみなさいまし」

お秀が母屋に引き上げれば、店にいるのはお実乃だけだ。肺の底から息を吐き、台所脇の小部屋に布団を敷いた。

最初のうちは自分だけ店で寝起きするのが嫌だった。たとえ渡り廊下でつながっていても、店と母屋は別棟である。ひとりが怖くて眠れなかった時期もあるが、いまは誰かいるほうが落ち着かない。

もうじき四ツの鐘が鳴る。

お実乃は庭に出ていることにした。

今夜は雲に星が隠れているせいで、海に面した庭は真っ暗だった。提灯を手に潜り戸のそばに立ち、「新田様」と声をかけてみる。しかし、返事はもちろん、それらしい足音も聞こえなかった。

もし新田様が来なかったら……日が落ちると渡舟が出ねぇから、歩いてくるのは大変だもんな。

運上所は波止場のすぐそばにある。舟で神奈川に渡るのはたやすいが、歩く場合は大回りして、大岡川にかかった二つの橋を渡らねばならない。そして野毛、平沼から横浜道を通って神奈川台に至るのだ。

新田様は運上所の役人で、本当は捕物なんてするような人じゃねぇ。いまになって気が変わっていたらどうすべか。

お実乃は潜り戸から頭を出し、暗い夜道をじっと見つめる。目に入るものはなく、聞こえるのは風と波の音ばかり。そこで十を十回数えて決心した。

こうなったら、ひとりで先に掘ってみよう。潜り戸の閂はかけずにおけば、勝手に入ってくるだろう。

初めはひとりでやる気だったのだ。男を待っているよりも、自分でやったほうが手っ取り早い。

持っていた提灯を松の枝にひっかけて、お実乃は鍬を握って掘り始める。途中で四ツの鐘が聞こえてきたが、二三郎は来なかった。

やっぱり男は当てにならねぇ。

腹の中で文句を言ってさらに掘り進めたところ、何か硬いものが鍬の先にぶつかった。

お実乃は唾を呑み込んで、掘り起こした地べたに提灯を近づける。

黒い土の中に白いものが見えたとき、

「こんな時刻に何をしている」

背後から末五郎の声がして、お実乃は悲鳴を呑み込んだ。

「ご、ご隠居さん、ど、どうして」

声をかけられるまで、まったく気配に気が付かなかった。振り返るのが恐ろしくて、前かがみのままお実乃は答える。

「先にわしが聞いたんだ。なぜ夜中にこんなところを掘り返している。店から金目のものを盗み、隠しておこうと思ったのか」

「ち、違います」

怪しい行いはしていても、悪事は働いていない。勢いよく振り向けば、提灯の灯りに照らされた末五郎と目が合った。

「真面目な奉公人かと思いきや、とんだ食わせ者だったな」

「あ、あたしは盗みなんてしていません。ご隠居さんこそどうしてここにいるんですか——と言う前に、おかしなことに気が付いた。

暗がりの中、末五郎は提灯も杖も持たずに立っている。

膝が痛くてまともに歩けないから、仁八夫婦を養子にして身代を譲ったのではなかったか。杖を突かずに歩けるのなら、隠居部屋にこもっている必要だってなかったはずだ。夜中に台所に忍び込み、茶筒に毒を盛ることだって朝飯前だったろう。

たとえ人を殺しても、自分は絶対に疑われない。

末五郎はその支度をいつからしていたのか。

お実乃は目の前の年寄りがとんでもない化け物に見えた。

「望月たちが死んだときからうるさく嗅ぎまわりやがって。若い娘は難儀なもんだな。好奇心であたら命を縮める」

末五郎は忌々しげに吐き捨てて、お実乃の首を両手で摑む。身の危険を感じて逃げるどころか、悲鳴を上げる暇もなかった。

「だから言っただろう。疑いは人を傷つけると」

誰かを疑って傷つけるのか、誰かを疑ったせいで自分が傷つけられるのか。

首を絞められているというのに、そんな思いが頭をよぎった。

持っていた提灯が地べたに落ち、息が詰まって目がかすむ。

もうだめだと思った刹那、耳をつんざく音がした。と同時にどういう訳か末五郎の手から解放された。

そのまま地べたに膝をつき、ゲホゲホと咳き込んで息ができることを確かめる。ついでに涙と鼻水とよだれが出たが、それをぬぐうゆとりもない。

「おい、大丈夫か。しっかりしろ」

待ちに待った二三郎の声に、お実乃はますます涙が出た。

これが大丈夫に見えるなら、あんたの目は節穴だ。ちゃんと四ツまでに来てくれれば、こんな目に遭わなかったはずなのに——そう言い返してやりたくとも、あいにく声が出てこない。

袂で顔を擦ってやっとの思いで顔を上げれば、二三郎が短銃を手に立っていた。さっきの耳をつんざく音はこのせいだったのか。

少し離れたところでは、しゃがみ込んだ末五郎が唸り声を上げている。母屋から仁八たちが飛び出してくる姿も見えた。

その後、二三郎が掘り返した松の根元から六人分のしゃれこうべが見つかった。

※

末五郎はお実乃を殺そうとした罪でお縄になり、雷屋は商いを禁じられた。

お実乃は戸部の実家に戻されて居心地の悪い思いをしていたが、三月十日に運上所に呼び出された。

「あの、どうしてあたしはこちらに呼び出されたのでしょう」

取って置きの晴れ着に身を包んだお実乃は、二三郎の上役である斎藤竜之進におずおずと話しかけた。

「今度のお呼び出しはご隠居さんがお縄になった一件についてでしょう。そういったお調べは戸部の御奉行所でなさるんじゃないんですか」

「その通りだが、若い娘が奉行所に呼び出されると外聞が悪いじゃねぇか。そこで運上所に来てもらい、俺と二三郎が話をしようと思ってな」

斎藤の気持ちはうれしいけれど、正直ありがた迷惑だった。

まったく馴染みのない開港場の役所から迎え駕籠が来たせいで、お実乃の両親はもちろん、近所の連中は大騒ぎである。帰ってから根掘り葉掘り事情を聞かれるに違いない。

「今度の一件は表沙汰にできない話もある。今日ここで聞いた話はくれぐれも他言無用にしてくれ」

「はい。お約束いたします」

嫁入り前の娘なら、必ず親や地主が付き添うものだ。駕籠でひとりだけ連れて来られたときから、その覚悟はできている。お実乃が大きくうなずくと、斎藤の後ろに控えていた二三郎がお調べでわかったことを話しだした。

「雷屋の隠居、末五郎はかつて自らが轟組の頭だったことを白状した。松の根元に埋まっていた六つのしゃれこうべは轟組の一味のものだ」

「まさか……」

何を聞いても驚くまい——そう覚悟していたはずなのに、お実乃は最初からしくじった。お人好しと人助けで有名な末五郎が血も涙もない凶賊の頭だったなんて信じられない。呆然と目を見開けば、二三郎が咳払いする。

「驚くのも無理はない。だが、当の本人がそう言ったのだ。関東取締出役の権藤も末五郎の正体に気付きながら、金をもらって見逃したと白状したぞ」

両親を早く亡くした末五郎は悪事を働くようになり、三十を過ぎると数人で押し込みを働くようになった。雷屋はその盗んだ金で手に入れたもので、当時の茶店の二階は盗人の根城だったとか。

「轟組を名乗り、押し込み先の住人を皆殺しにするようになったのは九年前。冴木新兵衛という腕の立つ浪人を仲間に加えたことがきっかけだったと言っていた。冴木は親の仇として追われる身ながら、ごくおとなしい男だったらしい」

ところが、ひとたび刀を抜けば、血を好む悪鬼に早変わりする。邪魔な相手の息の根を止めるまで刀を振り続けるのだ。

住人をすべて殺してしまえば、顔を知られることもない。顔がわからなければ、お縄になることもない。最初は冴木の腕を歓迎していた末五郎も、押し込みを重ねるにつれて恐ろしさが勝っていったという。

冴木が人を殺しすぎたせいで、お上の探索は厳しさを増していく。冴木を轟組から追い出したくとも、殺しの腕前は向こうのほうがはるかに上だ。

そのうち自分を殺して頭になろうとするかもしれない。他の連中だって腕の立つ冴木のほうが頭にふさわしいと思っているのではないか。

悪党なら人を裏切るのは当たり前。わしはお縄になって死罪になるのも、冴木に斬られて死ぬのもまっぴらだ。

末五郎はいつしかそう思い詰め、四年前に冴木を含む六人——轟組全員を毒殺した。その亡骸を松の下に埋め、掘り起こされることがないように見張り続けてきたそうだ。

「近頃は轟組の名も人の口に上らなくなって安堵していたところへ、仇を捜しているという望月たちが現れた。持っていた人相書がたまたま冴木に似ていたことが望月たちの不運だったな」

つまり、末五郎は望月たちが追っている仇が冴木だと思ったらしい。お実乃はひと月前に見た人相書を懸命に思い出そうとする。

「ということは、権藤様が持っていた人相書はその冴木新兵衛って人ですか」

「そうだ。思い出したか」

確か、どちらも顔が長くて彫りが深かったような……。しかし、そっくりだと思った覚えはない。お実乃はしばらく目をつぶり、大事なことを思い出した。

「そうだ、黒子の数が違ったんです。望月様が持っていた人相書には、仇の右頰に黒子が三つ並んでいて、めずらしいと思ったんです。権藤様が持っていた人相書には三つも並んでいませんでした」

これほどはっきりした違いがあるのに、末五郎はなぜ勘違いしたのだろう。お実乃の疑問を察して二三郎が答えてくれた。

「去年あたりから末五郎は目がかすみ、はっきり見えなくなっていたようだ。だから、顔の形と目鼻立ちが似ているだけで冴木だと思い込んだらしい」

このご時世に十年も仇を追い続ける連中なら、いずれ自分の悪事を突き止めるだろう――恐れおののいた末五郎は、今度も先手を打つことにした。その手口は二三郎が睨んだ通りだった。

「冴木たちを殺したときと同じ干した大芹（おおぜり）を使ったと白状した。客間ごとに茶筒が決まっていることはお秀から聞いていたが、一度目は菊と松を見間違えたようだ。死んだ老婆にしてみれば不運としか言いようがない」

間違いに気付いた末五郎はその夜のうちに毒入りの茶葉を捨てた。死んだ相手が高齢で運よく病死と見なされたので、四日後に同じ手口で望月たちを殺したという。

そんな恐ろしい人殺しと三年も暮らしていたなんて。末五郎の正体を知り、お実乃はいまさらながら背筋が震えた。

「権藤様はご隠居さんが轟組だと知っていたんでしょう。今度の探索で雷屋に来たのは、そのせいですか」

「ああ。権藤が轟組の根城を突き止めて踏み込んだとき、息絶えたばかりの亡骸が転がっていたらしい。そこで末五郎をお縄にすべきだったのに、権藤は差し出された金に目が眩んで見逃した。一応『二度と押し込みは働かない』と末五郎に誓わせたそうだがな」

轟組の生き残りは末五郎だけだ。だからこそ、襲われたエゲレス人から「轟組」の名が出たと聞き、権藤は仰天したという。

「慌てて雷屋に行ってみれば、いきなり客が二人も死んだ。その死にざまから末五郎の仕業と察したので、権藤は自害として片付けたんだ」

二三郎の説明でおおよその事情は呑み込めたものの、お実乃はしばらく言葉が出てこなかった。

末五郎が長年行った悪事は裁かれるべきだと思う。だが、人相書を見て勘違いしたとはいえ、どうして望月たちをそこまで恐れたのか。

「もし望月様たちが本当に冴木を追っていたとしても、冴木はもう骨になっているんでしょう。しばらく知らん顔をしていれば、何事もなくすんだでしょうに。権藤様も早とちりが過ぎますよ。この国の言葉がわからない異人が聞き間違えたと見当がついたってよさそうじゃないですか」

「末五郎は疑心暗鬼の果てに仲間をすべて殺した男だ。ほんの少しでも己の身が危うくなると思えば、殺すことをためらわない。権藤とて末五郎とは一蓮托生、じっとしていられなかったのだろう」

後ろ暗いところのある権藤はひとりで雷屋を訪れるつもりだった。ところが、襲われたエゲレス人の通辞をした縁で二三郎が手伝うことになり、さらには奉行の命令で密偵である希一も同行することになったという。

「希一は希一で自分の知り合いの部屋住みではなく、轟組がエゲレス人を襲ったと聞いて面喰らったに違いない。どういうことか探るために、轟組の探索に同行したいと御奉行に願い出たようだ」

そして権藤を見張るうちに、末五郎との話を盗み聞きして真相を知ったということか。

お実乃は金毘羅様まで忠告に来てくれた希一の姿を思い出した。

「希一さんはどうして攘夷派の手先になったんでしょう。御奉行様の密偵は実入りだってよかったでしょうに」

「それはあいつの生い立ちのせいじゃねぇか」

いままで黙って聞いていた斎藤が突然口を挟む。二三郎は驚いたように目を瞠った。

「斎藤様はやつの素性をご存じなのですか」

「ああ、御奉行は密偵の中でもやつを気に入っていた。希一は江戸の大きな薬種問屋の跡取りだったらしい」

しかし、天保（てんぽう）の改革のあおりをうけて店が潰れ、わずか四つか五つのときに陰間茶屋に引き取られた。その後、希一の見た目と頭のよさを気に入った旗本に身請けされ、密偵として仕込まれたらしい。

「やつの実家が潰れたのは、蘭学者と付き合いがあったせいだ。いままでの政（まつりごと）をたやすく変えるのが許せなくて、攘夷派に与（くみ）するようになったのだろう」

西洋の学問を取り入れるなら、なぜ二十年前に弾圧したのか——そのせいで辛酸をなめた希一が幕府に憤り、攘夷を唱えるのも無理はない。

「それにしても権藤様は悪党と通じて、希一さんは攘夷派と通じていたなんて世も末ですねぇ。新田様は二人と共に寝泊まりしていたんでしょう。何かおかしいと思わなかったんですか」

お実乃はつい余計なことを言ってしまい、我に返って口を押さえる。苦虫を嚙みつぶしたような二三郎の顔を見て、斎藤が噴き出した。

「そう言うな。ところで、二三郎はよく短銃なんぞ持っていたな」

「下田でエゲレス語を教えてくれたアメリカ人にもらったんです。異人と親しくしているせいで身の危険が迫ったら、相手の足を狙えと」

幕府は西洋の技術や学問を取り入れようとしているが、希一の考えに共感してエゲレス人を襲った部屋住みのような連中もいる。そういう輩にすれば、エゲレス語を学ぶ二三郎は「武士の面汚し」になるのだろう。

「これからはおちおち二三郎をからかえねぇな。そういや、末五郎が身体のきかないふりをして養子に身代を譲ったのは、六人の亡骸を埋めた松の木を見張るためだと言っていたぞ。目が衰えてきたとはいえ、まだ五十四だったのに」

「ご隠居さんはそんなに若かったんですか」

それなら、下男の久六よりも歳下だ。呆然と呟くお実乃に斎藤がうなずく。

「老けて見えるのをいいことに、何もできない年寄りを装っていたのさ。だが、盗んだ金を独り占めにしたところで、隠居部屋にこもって松の見張りをしていたんじゃ使い道がねぇだろう」

意地の悪い笑みを浮かべて斎藤が楽しそうに言う。なるほど、そういう事情があって仁八夫婦を養子にしたのか。

「雷屋と旦那さんたちはどうなるんですか」

お実乃が最大の気がかりを口にすれば、斎藤は眉をひそめた。

「末五郎の正体を知らなかったようだから、無罪放免は無理でも重い罪にはならねぇだろう。雷屋は闕所(けっしょ)だろうがな」

何しろ押し込み先から奪った金で得た店である。悪党の根城でもあったというし、仮に闕所を免れたところで客が近寄らないだろう。薄々察していたものの、お実乃はたまらず目を伏せた。

——この恩知らず、余計なことをするなってあれほど言ったじゃないか。

——あんたなんて大旦那に殺されていればよかったんだっ。

末五郎に襲われたあと、お実乃は目を覚ますなり、髪を振り乱したお秀に怒鳴られた。いや、ひょっとしたらお秀の罵声(ばせい)で目を覚ましたのかもしれない。そばにいた二三郎がお秀を止めてくれなければ、頬のひとつや二つ殴られていたはずだ。

一方、仁八は呆けたように宙を見つめ、久六は「嘘だろう」と小声で繰り返すばかりだった。そのときのことを思い出すと、お実乃はいまも胸が痛む。

殺されかけた自分ですら、にわかに呑み込めなかったくらいである。大恩ある情け深い養父、そして雇い主が「凶賊の頭で人殺しだった」と言われても、すぐに受け入れられるはずがない。

だが、仁八たちの気持ちはどうあれ、雷屋は神奈川台から消えるのだ。庭から人骨が出たことは瓦版のネタにもなったし、闕所になった店が売りに出されたところで当分買い手はつくまい。

やるせない思いで目を伏せたとき、ふと「髷の形が決まった」と屈託なく喜ぶ末五郎の顔を思い出した。

十一

三月も末になり、末五郎は打首、雷屋は闕所の裁きが下った。

仁八は末五郎の正体を知らなかったことが認められたものの、雷屋の二階に泊めた客から金を取っていたことを咎められて所払いの沙汰を受けた。それでも、お秀と二人でやり直すことができるだろう。

権藤は余罪があるのかお調べが続いていて、希一は未だ行方が知れない。久六のその後も知れないが、人並み外れてちゃっかりした男である。己の境遇を嘆きながらもしたたかに世渡りしていくはずだ。

一方、お実乃は困ったことになっている。轟組の根城だった店に奉公していたせいで、新しい奉公先が見つからないのだ。

――人殺しの店で働いていたなんて恐ろしい。

――案外、悪事の片棒を担いでいたんじゃないか。

お実乃が奉公を始めたとき、すでに轟組はなくなっていた。しかし、事情を知らない者ほど好き勝手なことを言う。お実乃の親ですら娘が殺されかけたことを忘れてしまい、世間の目ばかりを気にしている。

ねえちゃんも身売りする前はこんな思いをしていたんだな。自棄になって身売りするのも当たり前だべ。

よからぬ噂の的になるのはかくも気の重いものだとは……いまさらながら姉の心痛を思いやり、どうにか気持ちを支えている。

今日は朝から天気がいいので、お実乃は畑に水を撒いていた。父は「知り合いにあれこれ聞かれたくない」と家にこもり、母も外に出たがらない。勢い、渦中の本人が表に出ることになり、奉公をしていたときよりも忙しい日々を過ごしている。

芽吹きどきは作物がいつも以上に水を吸う。家に戻ってからまだひと月も経っていないのに、肩には水桶を担ぐ天秤棒の痕が赤く残った。このままずっと家にいれば、落ちないあざになるだろう。

別に畑仕事がやりたくなくて、家を出たいわけではない。どれだけ働いても、「食わせてやっている」と見下されるのが癪なのだ。働いたら、働いた分だけ認めて欲しいと思うのはわがままなのか。

畑に水を撒き終えたあと、お実乃は春の空を仰ぐ。ひばりが朗らかに鳴き、緑は日増しに色を濃くする。田植えが始まれば、父も腹をくくって出てくるだろう。

戸部に神奈川奉行所と役人の屋敷や長屋ができたおかげで、お実乃が幼い頃に比べればこの辺りも開けてきた。だが、昔からの宿場である神奈川や貿易が盛んな横浜に比べると、まだまだのどかなものである。

あたしはいつまで家にいるんだべ。あたしを雇ってくれる人はこの世にもういねぇのかな。

先の見えない毎日にだんだん気持ちが落ち込んでいく。腹を空かせて家に帰れば、父がよそ行きの着物を着て待っていた。

「おい、おまえの嫁入りが決まったぞ」

畑仕事から帰るなり、どうしてそんなことを言われるのか。お実乃が呆気に取られていたら、母が横から説明する。

「さっき、地主さんがおまえに縁談を持ってきてくれたんだ。後添えだけど、いまのおまえは贅沢なんて言えねぇべ。うちのような小作じゃなくて本百姓だし、悪い話じゃないと思うのさ」

せめて家に上がってから話を始めてほしかった。お実乃は両手で引き戸を閉め、日和下（ひより）駄を脱いで足を洗った。

「相手はどこの誰だい」

一番大事なことを尋ねると、一瞬母の目が泳ぐ。

「ほら、お不動様の近くに畑のある吾平（ごへい）さんだよ。歳はだいぶ上だけど、跡継ぎはいるから男の子を産めと責められる心配はねぇ。あたしはそれで苦労をしたから、かえって安心だべ」

母が産んだ子は姉とお実乃の二人だけだ。父は自分に代わって働く息子が欲しかったようで、母にたびたび当たっていた。

お実乃もそれは知っているが、いくら何でもあんまりだ。

お不動様の近くの吾平と言えば、今年孫も生まれたと聞いている。にもかかわらず若い後添えを望むなんて何を考えているんだか。これから老いていく父親の世話をさせようと、跡取り息子が企んだのか。

格下の嫁なら飯さえ食べさせておけばいい。給金のいらない奉公人を手に入れて、吾平が死んだら実家に帰す魂胆か。

そう勘繰りたくなるような縁談を喜んで進めようとするなんて、どれだけ邪魔者扱いされているのか。ほんのわずかに残っていた親への情が消え失せて、乾いた笑いがこみ上げてきた。

「だったら、母ちゃんも三つ違いの父ちゃんじゃなく、跡取りと孫のいる男と一緒になればよかったな。そうすれば、ねえちゃんもあたしもこの世に生まれなかったから、こんな苦労もしなかったべ」

容赦なく嫌みを言えば、母が傷ついた顔をする。代わって父が声を荒らげた。

「親に向かって何てぇ言い草だ。こっちはおまえの先を心配しているってのに、親の心子知らずとはこのこった」

「あたしだって父ちゃんたちのことを心配してんだ。上の娘は傷物になったからと女郎に売り、下の娘は外聞が悪いからと親より年上の男に差し出す。血も涙もない親だと後ろ指さされても仕方ねぇべ」

「お実乃っ」

顔を真っ赤にして怒鳴られたが、そのくらいで恐れ入るお実乃ではない。鼻を鳴らしてそっぽを向き、脱いだばかりの日和下駄を履いて表に出た。

母の「どこへ行くんだい」という声に続き、父の「ほっとけ」という声がした。どうせ暗くなったら帰ってくると見くびっているに違いない。

せっかく新田様に助けてもらった命だもの。父ちゃんたちの思惑に乗せられて、泣きの涙で暮らす人生なんてまっぴらだ。

田圃（たんぼ）のあぜ道を歩きながら、お実乃は腹の中で吐き捨てる。一刻も早く家を出て暮らしたいが、世間は自分にやさしくない。二親が頼れないいま、頼れる相手はひとりしか思い浮かばなかった。

ねえちゃんなら、あたしの気持ちをわかってくれるはずだ。後添いにならなくてもすむように、きっと力を貸してくれる。

岩亀楼の亀花なら、馴染みに商家の主人がたくさんいる。そのうちの誰かに頼んでもらえれば、奉公先は見つかるだろう。向こうは亀花の気を惹きたくてうずうずしているに違いない。

姉が女郎になるのを反対しておいて、いまさら当てにするのは虫がよすぎる——そう思ってきたけれど、もうなりふり構っていられない。お実乃は先を急ぎつつ、ためらう己に言い聞かせた。

大岡川にかかった野毛橋を渡って吉田町へ。次に吉田橋を渡って右に曲がれば、廓までは一本道である。

前は渡れなかった大門前の橋を渡り、大門をくぐる。「岩亀楼はどこですか」と大門脇の番所で尋ねれば、

「あすこは港崎一の大見世だ。おめぇのような山桜はお呼びじゃねぇぞ」

笑いながら馬鹿にされ、お実乃は目を尖らせる。そう言うそっちは、色里とは縁のなさそうなあばた面をしているくせに。

「あたしは身売りに来たんじゃありません。別の用があるんです」

鼻息荒く言い返せば、相手は呆気に取られていた。ややして聞こえるように舌打ちすると、「次の角の左側だ」と忌々しげに吐き捨てる。

言われた通り進んだ先には、さながら御殿のような大見世があった。屋根付きの門の両

側に四角い文字の書かれた提灯がかけてある。

二文字ということは、ここは「岩亀楼」じゃねぇのか。

字の読めないお実乃だが、岩亀楼が三文字だということは知っていた。

しかし、ここは周りの見世と比べて特に大きい。きっと岩亀楼に違いないと男衆に声をかけた。

「ここは岩亀楼ですか」

「そうだが、おめぇは見物に来たのか」

だったら見物料を払え——と言われる前に、お実乃は用向きを告げた。

「亀花花魁に会わせてください。あたしは妹の実乃と言います」

「おめぇが花魁の妹だって？　これっぽっちも似てねぇじゃねぇか」

「田舎者で花魁の錦絵すら見たことがないんだろうぜ」

「いい加減なことを言うと、タダじゃおかねぇぞ」

その場にいた男衆は一斉に噴き出し、口々にお実乃を馬鹿にする。並みの娘がこんなふうに扱われたら、泣いて逃げだすに違いない。

だが、いろいろなことを乗り越えてお実乃はすっかりしぶとくなった。負けるものかと開き直り、「あんたたちの目は揃いも揃って節穴だね」と顎を突き出す。

「どうしても嘘だと思うなら、花魁に聞いてみてちょうだい。妹の実乃が訪ねてきましたけどって」

大見得を切ってみたものの、お実乃は不安で仕方がなかった。

いまさら何をしに来たと不愉快に思うんじゃねぇかな。「そんな妹は知らない」とぼけられたらどうしよう……。

不安と居心地の悪さに耐えてしばらく見世先で待っていると、お実乃は中に入ることを許された。

「おい山桜、ちゃんと後ろをついてこい。よそ見をしているとつっ転ぶぞ」

「す、すみません」

下駄を脱いで上がった先は、お実乃が初めて目にするきらびやかな場所だった。案内の男衆から何度も振り返って注意をされたが、目はせわしなく動き回り、足は勝手に止まってしまう。

まず一番に驚いたのは、廊下の幅の広さだった。大人が横に五人並んで歩けるくらいの幅があり、これならすれ違う客同士がぶつかることはないだろう。

中庭の大きな池の周りには菖蒲(しょうぶ)が盛りと咲き誇り、朱塗りの橋がかかっている。すでに桜は散っているが、青々とした若葉が美しい。

夜になれば石灯籠に火が入り、華やかに辺りを照らすだろう。廊下の提灯は柱ではなく、なぜか天井から下げられている。

姉は豪華な着物を着て、こんなところで暮らしていたのか。

たとえ売り物買い物でも、毎日粗末な身なりでこき使われていた自分とは住む世界が違う。とんでもないところに来てしまったと、お実乃はいまになって怖気づいた。

とはいえ、ここで引き返せば、吾平の嫁にさせられる。おっかなびっくり足を進めてたどり着いたのは、姉ではなく楼主のいる内所だった。縮こまるお実乃をひと目見て、恰幅のいい楼主は顎を撫でた。

「ああ、この出っ歯なら覚えている。確かに亀花の妹だ」

こっちだって岩亀楼の楼主の顔は覚えている。よほど儲かっているのか、姉を買いに来たときよりも腹が肥え、着物も豪華になっていた。

「それで、亀花に何の用だ」

金箱の花魁に会わせる前に、狙いを確かめるつもりのようだ。

冷ややかな目を向けられて、お実乃は唇を噛みしめる。ここで「奉公先を探している」と言えば、「おまえが女郎になっても、客がつかない」と鼻で笑われてしまいそうだ。

「……妹が姉に会いにきたらいけませんか」

「あたしには言いたくないということか」

「はい、旦那さんには関係のないことですから」

無礼を承知ではっきり言えば、なぜか楼主が笑い出す。

「あんた、気性は花魁に似ているな。顔はちっとも似ていないのに」

それこそあんたには関係ない――お実乃は腹の中で言い返し、唇を尖らせる。すると、相手は身を乗り出した。

「いや、そうでもないか。目鼻立ちはそれなりに似ているじゃないか。前歯さえ出ていなけりゃ、あんたもそこそこ売れただろう」

こっちは売る気がないんだから、いちいち値踏みしないで欲しい。だが、姉と「目鼻立ちがそれなりに似ている」と言われたことはうれしかった。

そこへ、お実乃を内所に案内した男衆が戻ってきた。

「旦那、いかがでござんした」

「間違いなく亀花の妹だ。花魁に会わせてやってくれ」

今度こそお許しが出たらしく、お実乃は男衆の案内で磨かれた廊下を歩いていく。昼のうちから女郎遊びをする客は日本人だけではない。粗末な身なりが珍しいのか、熱心にお実乃を見ている異人もいた。

「こっちだ」

男衆は突き当たりの座敷の前で立ち止まると、襖を開ける前に耳打ちした。

「扇の間は岩亀楼でもっとも値の張る部屋だ。うっかり何か壊してみろ。いくら亀花花魁でもそう簡単には払えねぇぞ」

お実乃が「そんな部屋には入りたくない」と言う前に襖が開けられ、目に飛び込んできたあれこれに何も言えなくなってしまう。

扇の間の名にふさわしく、襖はすべて絢爛豪華な扇面尽くし。格天井からはキラキラ輝くギヤマンの飾りがぶら下がっている。座敷の中央には大きな丸い台があり、蒔絵の煙草盆が置かれている。その台の周りにはやや背の低い布張りの台があった。

ものすごく豪華だけど、妙な部屋だね。座敷の真ん中にあんな物を置いたら邪魔じゃねぇのか。

いろいろ気になることはあるが、目はめずらしい品々に釘付けだ。ふらふらと足を踏み入れれば、すぐそばから懐かしい声がした。

「お実乃、よく来たね」

「ねえちゃん、その恰好はどうしたんだ」

懐かしい姉の声に振り向いて、お実乃は悲鳴じみた声を上げた。

さぞかし豪華な花魁姿を披露してくれるのだろうと思いきや、かつての美貌に磨きをかけた姉は異人の女そっくりの恰好をしている。髪は簪をたくさん挿した花魁風のものではなく、銀杏がえしに結っていた。

「これは西洋の着物でドレスってんだ。意外と似合うだろう」

姉は妹を驚かせるためにこんな恰好をしたのだろうか。まるでいたずらがうまくいったと言わんばかりに、輝くような笑みを浮かべている。

そして、布張りの台に腰を下ろすと、「お実乃もお座り」と声をかける。西洋人は履物を脱がずに暮らしているため、家の中でもじかに座らないのだとか。

「扇の間は異国風のしつらえだからね。初めは妙な感じがしたけど、慣れると案外いいもんだよ」

屈託なく言われたものの、お実乃は何だか面白くない。

ここは日本なのにどうして異国の真似をするのか。わざと畳の上に正座すれば、姉が楽しげに笑い出す。

「相変わらず意地っ張りだねぇ。それじゃ話がしにくいだろう」

「いいの。あたしはこれで」

「首が伸びちまっても知らないよ」

自分をからかう姉の顔が昔のままでホッとする。いや、家を出る前に見た顔よりもはるかに明るく輝いていた。

女郎なんて最悪だと思っていたけど、ねえちゃんにとってはよかったのか。でも、こんな恰好をしていたら、攘夷派に目を付けられちまう。

いくら元気になったところで斬られて死んだらそれっきりだ。お実乃は不安もあらわに姉を見上げた。

「ねえちゃんこそいつのまに異国かぶれになったのさ。そんな恰好をしていたら、客に嫌がられるべ」

「異国風を嫌がるのは血を喜ぶ攘夷派くらいさ。その証拠に、この部屋を見た客はみな目を輝かせて喜ぶからね」

「それは……そうかもしれないけど」

「あんただってこの部屋を一目見て夢中になっていたじゃないか」

「でも、港崎には攘夷派がたくさん出入りしているって」

「そんなの気にしなくて大丈夫だよ。それより、今日はどうしたのさ。あんたが訪ねてくるなんてよほど困ったことがあるんだろう」

親身な言葉をかけられて、鼻の奥がつんとする。姉は苦界に堕ちても変わっていない。

お実乃自慢の姉のままだ。

だからこそ、異人の恰好はいますぐやめてほしい。異人の女と間違って斬りつけられる恐れもある。言葉を尽くして説得したが、姉はちっともうなずかない。いつになく強情な姉にお実乃は不安になってきた。

どうしてそれほど異人の恰好をしたがるのか。客の好みに合わせているなら、その客はひょっとして……。

嫌な予感が頭をよぎり、お実乃は勢いよく立ち上がった。

「ねえちゃん、正直に言ってくれ。異人の女の真似をするのは、馴染みの客が異人だからか」

姉の本心を見抜いてやろうと、お実乃はじっと目を見つめる。しばし睨み合ったあと、姉は根負けしたようにうつむいた。

「そうだよ。でも、あたしは泣く泣く相手をしているわけじゃない。あの人に心から惚れてんのさ」

早口で言われたことがとても信じられなかった。姉が鬼のような見た目をした言葉の通じない相手に惚れるなんて。

「ねえちゃん、あたしには嘘をつかなくていい。楼主にそう言えって命じられているんだろう」

「そうじゃない。楼主はむしろあの人との仲を反対しているくらいだよ。それこそ攘夷派に目を付けられるからってね」

顔を上げた姉が今度はまっすぐお実乃を見る。その表情に姉の本気が表れていて、お実乃は頭に血が昇った。

「いろんな男に抱かれるうちに、誰でもよくなったのかいっ」

「おい、それは違うぞ」

怒りに任せて罵ったとき、中庭に面した障子の陰から聞き覚えのある男の声がした。振り向けば、なぜか新田三三郎が立っている。

命の恩人の登場にお実乃はたちまち我に返った。

「何で新田様がここに」

「わたしが亀花にエゲレス語を教えているところへ、おまえが押しかけてきたんだろう。花魁の妹がお実乃だなんて思わないから、二人の話がすむまで隠れているつもりだったのだ」

相手とじかに話すためにエゲレス語を学ぶほど、姉は本気で惚れているのか。予想外の成り行きにお実乃はその場に膝をついた。

男に仕返しをするために女郎になったんじゃなかったのか。よりによって、誰もが嫌う異人に惚れなくたって……。

岩亀楼の亀花が異人と恋仲だと噂になれば、自分にもどんなとばっちりが来ることか。下手をすれば、攘夷派に命を狙われるかもしれない。途方に暮れて畳を見下ろすお実乃の耳に姉の声が聞こえてきた。

「新田様とお実乃が知り合いとは。どこで知り合ったのでござんすか」

「いや、それは……その、たまたまだな」

轟組の探索のため、轟組の頭がいる店に何も知らずに泊まっていたとは言えないだろう。しどろもどろな説明に業を煮やしたのか、姉は次いでお実乃に尋ねる。

「あんたの奉公先は神奈川宿の茶店じゃなかったのかい」

「そうだけど」

闕所になった雷屋が妹の奉公先だと姉は気付いているのだろうか。二三郎に向かって訳知り顔で微笑んだ。

「たまたま茶店で知り合っただけのお実乃をしっかり覚えていなさるなんて。新田様も隅に置けません」

「別にどうだっていいだろう」

二三郎がぶっきらぼうに答えたとき、勢いよく扇の間の襖が開いた。

「おハナさぁん、おまぁたせ」

怪しげな日本語と共に飛び込んできたのは、縮れた赤い髪に緑の目の大男だった。

身の丈は六尺くらいあるだろうか。満面の笑みで部屋に入るなり、傍の目を気にすることなく姉を抱きしめようとする。お実乃が悲鳴を上げかけると、二三郎が異人を止めてくれた。

姉と異人の色事なんてこの目で見たいはずがない。お実乃が胸を撫で下ろしたとたん、こっちを見る異人と目が合った。

「私はアメリカ人のリチャード・アンダーソン。あなたは、おハナさぁんのシスターですか」

お花さんのシッター？　あたしは妹だから、確かにねえちゃんの下だけど……。

どことなく怪しい日本語にどう返していいかわからない。お実乃が困って眉を寄せると、二三郎に耳打ちされた。

「アンダーソン氏は亀花を身請けして、アメリカに戻るときは一緒に連れていくと言っている。そのときのことを考えて、亀花はエゲレス語を習っているんだ」

岩亀楼でもっとも値の張る部屋を押さえるくらいだ。赤毛はたいそうな金持ちに違いない。姉はその金に目がくらみ、身内と国を捨てる気なのか。

にわかに信じられなくて、お実乃は震える声を出す。

「ねえちゃん、アメリカに行くって本当なのかい」

「……ああ、本当だよ。あたしはリチャードにどこまでもついていくと約束したんだ」

一瞬ためらったのち、姉ははっきりそう言った。

アメリカがどこにあるのか知らないが、きっとべらぼうに遠いのだろう。姉は異国に骨を埋める覚悟をとうに固めているらしい。お実乃はそれが許せない。

「馬鹿言ってんじゃないよ。ねえちゃんは一度男に捨てられて死ぬような思いをしたっていうのに、まだ懲りないのかい」

嘲るようにせせら笑えば、姉の顔が険しくなる。

その顔を見た赤毛は焦った様子で二三郎の袖を引く。きっとエゲレス語で説明しろと言っているのだろう。二三郎は見るからにうろたえて、目を白黒させている。

さて、新田様はどんなふうに赤毛の大男に説明するのか。お実乃は意地の悪い笑みを浮かべた。

「ねえちゃんは大店の若旦那と恋仲になり、その人の子を孕んだ挙句、子おろしの薬を飲まされて捨てられたんです。港崎の女郎になったのだって、男を夢中にさせて金を巻き上げるためだったんだ。異人さんも本気で惚れられているなんて思わないほうがいい。女郎は嘘をつくのが商売だもの」

ペラペラと調子に乗ってまくしたてれば、二三郎の目がつり上がる。そして「いい加減なことを言うな」とお実乃を叱った。

「でも、ねえちゃんは本当に男に仕返しがしたくて女郎になったんです。ねえちゃん、そうだよね」

客に言ってはいけない台詞をお実乃はあえて口にする。

男なんて移り気だ。まして金持ちならいくらでも女が寄ってくる。

いまは日本にいるから姉に夢中かもしれないが、アメリカに帰ればきっと異人の女がよくなるだろう。

遠い異国の地で捨てられるより、いま愛想を尽かされたほうがいい――というのは建前だ。本音は、女郎に堕ちた姉が自分よりも大事にされて、幸せになるのが許せない。身勝手な妬み心に操られるまま、お実乃は姉に詰め寄った。

「ねえちゃん、目を覚ましなって。異人の妾なんてみっともない」

「ノー、メカケない」

いきなり赤毛に大声を出され、お実乃は驚いて口をつぐんだ。

「おハナさぁん、マイディアレスト。シスター、メカケ、ノー」

「アンダーソン氏は亀花が妾ではなく、最も愛しい人だと言っている。たとえ妹でも妾と言うのは許さないと」

二三郎の説明で赤毛の言いたいことがわかる。

だが、いまはそうでも先のことはわからない。当てになるかと思っていたら、姉がようやく口を開いた。

「お実乃、あたしは二度と男に惚れる気なんてなかった。まして異人にほだされるつもりなんてこれっぽっちもなかったんだよ」

「だったら、何で」

目をつり上げた妹に姉は苦笑して語り出した。

赤毛のリチャードは岩亀楼で姉を見るなり、身請けしたいと言い出したらしい。

もちろん楼主は突っぱねたが、リチャードは諦めない。「亀花は日本人口の女郎なので、異人の相手はしません」と言われても、「決して手は出さない。話し相手でいいから」と大金を積み上げる。姉と楼主はその大金に目が眩んだという。

「しかも通辞の新田様が言うことは、天気の話やら食べ物の話ばかりでね。色気なんぞかけらもありゃしない。最初は濡れ手で粟のぼろ儲けとはこのことだと思ったよ」

「それなら、何でこんなことになるんだよ」

見上げるような大男で赤毛の異人――お実乃が見る限り、姉が見た目で惚れるとは思えない。ろくに口説(くど)かれていないなら、その気になるのはおかしいだろう。

すると、姉は楽しそうに笑った。

「この人はあたしを『花』というひとりの人として大事にしてくれると思ったから。リチャードなら信じられる、もし後々裏切られたとしても悔いはないと思えたのさ」

姉に言い寄る男の目当ては身体そのものか、器量よしの女を連れ歩いて見せびらかすことだった。

だが、赤毛は自分のことを話し、姉のことを知りたがる。大金を出しているのに手は出さず、話だけして帰っていく。「おかげでまんまとほだされた」と、姉は恥ずかしそうに肩をすくめた。

「あんたがあたしを案じてくれているのはわかっている。こんなことが表沙汰になれば、さぞ迷惑もかけるだろう。それでも、あたしはリチャードを諦められない。お実乃、勘弁しておくれ」

立ち上がった姉はお実乃に向かって頭を下げる。二三郎に何か言われたリチャードも慌てて隣で頭を下げた。

姉の器量なら男なんてよりどりだ。もっと条件のいい男はいくらだっている。飛びぬけた金持ちだったとしても、嫌われ者の異人なんかに惚れなくてもいいものを。前の若旦那といい、姉は男を見る目がない。

だが、痛い目を見た甲斐あって、肝心なところは押さえるようになったようだ。赤毛は鼻にかかった声で姉を「おハナさぁん」と呼ぶ。つまり女郎の「亀花」ではなく、本名の「花」に惚れたということだろう。

妓楼で金を出し、女に手を出さないなんて。そんなことを続けられたら、ほだされるのも無理はない。お実乃は大きなため息をついた。

あたしはねえちゃんがこの国からいなくなるのが嫌だっただけだ。ねえちゃんに下手に出られたら、駄々をこねていられねぇ。

でも、嫌なものは嫌なので、恩に着せることにした。

「しょうがない。勘弁してあげる。新田様、その赤毛に言ってください。ねえちゃんを不幸にしたら、呪ってやるって」

二三郎は喜ぶかと思いきや、顔色を悪くしながら赤毛に何か言っている。どうやら「呪う」のエゲレス語がわからなかったようだ。

「このことは父ちゃんたちには言わねぇ。反対されるだけだから」

「そうしてくれると助かるよ。身請けに関しては、楼主も首を縦に振らなくてね。まだ当分かかりそうなんだ」

「そう」

「ところで、話を戻すけど。あんたは何のためにあたしを訪ねてきたんだい」

さんざん姉に当たった手前、いまさら力を貸してとは言い出しにくい。しかし、他に頼れる当てもないので、腹をくくって打ち明けた。

「それじゃ、このままだと吾平さんの後添いにさせられるのかい」

「だから奉公先を探しているんだってば」

「そんなことなら簡単だよ。リチャードのところで働かせてもらえばいい」

「え、でも……」

「お実乃はいずれリチャードの妹になるんだもの。きっと大事にしてくれる。新田様、この話をリチャードに」

「しなくていいっ」

お実乃は強引に姉の言葉を遮った。

姉とのことは認めたものの、自分は異人のところで働くつもりはかけらもない。しかし、姉は引かなかった。

「あたしがリチャードに身請けされれば、きっと世間は悪く言う。あたしの伝手で奉公先を探したら、あんたにとばっちりがいくはずだ」

もっともな意見にお実乃は詰まる。赤毛のところなら、そういう心配はしなくたってすむけれど……。

「それにエゲレス語だって学べるじゃないか。これからは貿易が盛んになるから、異国の言葉ができれば食いっぱぐれることはねぇはずだ。異人嫌いを直すためにも、リチャードのところが一番だよ」

どれほど筋の通ったことを言われても、姉を奪う赤毛のところで奉公なんかしたくない。お実乃はエゲレス語どころか、この国の読み書きだってできないのに。

口をへの字に曲げた妹を見て、姉はお手上げと天を仰ぐ。

「だったら、新田様にお願いしようか」

「花魁、何を言い出すんだ」

いきなりお鉢が回ってきて、二三郎が目を剝いた。お実乃もびっくりして姉の顔をぽかんと見つめる。

「この間おっしゃっていたではありんせんか。手伝いのばあさんが休んでばかりで困るって」

ひとり暮らしの二三郎は通いの手伝いを頼んでいる。その手伝いのばあさんの娘が三月前にお産をして、その後は頻繁に休まれているらしい。

「産後の肥立ちが悪くて、娘は赤ん坊の世話もろくにできないとか。それでは、この先も当てになりりんせん」

「いや、だが、まだ辞めると言われたわけではないし」

「お実乃は戸部に住んでいるから手伝いに通えます。それにわっちとリチャードのことだって知っている。新田様も使いやすいはずざます」

「それはそうだが」

「お実乃だって新田様のところなら安心だろう」

「それはそうだけど」

何と言っても命の恩人のところである。お実乃としては心強いし、恩返しができるのも好都合だ。

「お役人のところで働くと言えば、父ちゃんと母ちゃんだって頭ごなしに反対できない。あんたの嫁入りもなくなるはずだ」

「……うん」

すっかりその気になってうなずくと、姉はほっとしたように目を細めた。

「それじゃ、新田様。お実乃をよろしくお願いいたしんす」

「花魁、ちょっと待ってくれ。勝手に話をまとめられても困る」

仏頂面で異を唱えると、赤毛が何やら耳打ちする。二三郎は息を呑み、ややしてゆっくり吐き出した。

「わかった。お実乃さえよかったら、手伝いを頼みたい」

いまのいままで嫌がっていたのに、赤毛は何を言ったのだろう。

驚くお実乃に赤毛はにっこり微笑む。姉は妹に代わって微笑み返し、振り向いてお実乃に言う。

「どうだい、あんたの兄ちゃんは頼りになるだろう」

まさか、赤毛に緑の目の義理の兄ができるとは思わなかった。末五郎の正体を知ったとき、これ以上びっくりすることはないと思っていたが、生きていれば、さらに驚くことが起こるようだ。

疑いが人を傷つける――そう言った末五郎は、周りを疑いすぎて身を滅ぼした。ならば、自分はここにいる人を信じたい。人を疑い続けた末に、末五郎のようになるのはまっぴらだ。

お実乃はようやく覚悟を決めた。

解説

末國善己（文芸評論家）

横浜と聞けば、何を思い浮かべるだろうか。

中華料理の名店が並ぶ横浜中華街、横浜港の景色が楽しめる山下公園、外国人居留地であったため洋館や外国人墓地があり、横浜港が一望できる港の見える丘公園もある山手、イベント、グルメ、ショッピングなどの人気スポットが並ぶみなとみらい、流行の発信地となっている元町、明治から続く繁華街で古き良き横浜の風情を残す伊勢佐木町などが、横浜の最大公約数的なイメージになっているように思える。

だが横浜が異国情緒あふれる国際貿易港として発展するのは、江戸幕府がアメリカ、オランダ、ロシア、イギリス、フランスと通商条約（安政五カ国条約）を結び開港した一八五八年以降である。それ以前の横浜は小さな村に過ぎず、江戸湾の交通の要衝だった神奈川湊に近く、東海道の宿場でもあった神奈川宿の方が賑わっていた。

実は日米修好通商条約で開港地に定められたのは神奈川だったが、幕府は陸路、海路ともに重要な場所で繁栄もしている神奈川に外国人居留地を作ることを避けるため、対岸の寒村・横浜を神奈川横浜として開港した経緯がある。横浜開港で地域の中心でなくなりつつあった幕末の神奈川宿を舞台にしたのが、本書『神奈川宿 雷屋』である。

物語の主人公は、神奈川台にある茶屋・雷屋で働いているお実乃。神奈川台は、十返舎一九『東海道中膝栗毛』に「爰は片側に茶店軒をならべ、いづれも座敷二階造、欄干つきの廊下、桟などわたして、浪うちぎはの景色いたつてよし」と紹介され、歌川広重『東海道五十三次』の「神奈川台之景」に描かれるなど風光明媚な場所として有名だった。

それだけに茶屋の競争も激しかったようで、『東海道中膝栗毛』や「神奈川台之景」には、客引きをする茶屋の女たちが描かれている。美人の茶汲み女を揃え、眺望のよい二階もある雷屋は典型的な神奈川台にある茶屋だが、二階を使って密かにわけありの客を泊めるもぐりの旅籠を営む裏の顔があった。

先代の末五郎は、病気や怪我をしたり、掏摸や追剝の被害に遭ったりした客を無料で雷屋の二階に泊めていたが、跡を継いだ養子の仁八は一人一泊二百文の宿代を取る商売にした。裏稼業は思った以上に繁盛し、人手が足りなくなって雇われたのが十五のお実乃だった。物語は、その三年後から始まり、やはり末五郎の養子で仁八の女房お秀、嫌な仕事は巧みにお実乃に押し付ける奉公人の久六、茶屋で働く女たちが雷屋の顔ぶれとなっている。

横浜の開港に伴い、幕府は一八五九年に神奈川奉行所を設置し、戸部村に奉行所、青木町に会所、横浜村に税関、外務などを担当する運上所を置いた。戸部村出身のお実乃は、言葉に訛(なまり)がある田舎者と描写されることもあるが、戸部村は横浜開港で急速に発展した村の一つである。神奈川宿に外国人を入れないため横浜を開港した幕府だが、神奈川宿近くの本覚寺にアメリカ領事館、慶運寺にフランス領事館、浄瀧寺にイギリス領事館が置かれ、成仏寺はアメリカ人宣教師の宿舎になり、ヘボン式ローマ字を作ったヘボンらが滞在したこともあり、横浜に外国人居留地ができた後も外国人が残っていた。そのため神奈川宿には尊王攘夷を唱える武士や浪人が出没し、外国人を保護する奉行所と暗闘を繰り広げていた。こうした激変する幕末の状況を、庶民の目線で丹念に追っているところも、本書の読みどころといえるだろう。

雷屋に、江戸の大工の棟梁と老母が泊まることになった。二人は箱根の湯治からの帰りで、本来は川崎で一泊してお大師で厄払いをするはずだったが、老母が足をくじいたためやむなく雷屋に泊まることになったのだ。雷屋には、仇討ちの旅をしている望月文吾と助太刀の渋谷新十郎が滞在していたが、この構図は、仇討ちの旅をしている万事世話九郎が、小田原の宿で周りがうるさく眠れなかったので静かな部屋にして欲しいといって神奈川宿の武蔵屋に泊まったものの、隣室で江戸の魚河岸の三人連れが大騒ぎを始める落語『宿屋の仇討ち』を意識したようにも思える。

夕食後、老母の具合が悪くなり、そのまま息を引き取った。棟梁は夕食が原因だと騒ぎ仁八に詰め寄るが、駆けつけた医師の良純は老人の突然死と判断した。一方、仇討ちの浪人の懐具合を心配した仁八は、仇に似た男を横浜で見たと告げて追い出すことにした。その矢先、仇討ちをしているという新田二三郎、権藤伝助、元陰間（男娼）の希一という奇妙な三人組が雷屋を訪れた。仁八の話を信じた望月と渋谷は雷屋を出ることになったが、その最後の夜、二人が老母と似た状況で死んでしまう。

幕末はコロリ（コレラ）が流行したことから、お実乃は新手の病を疑うが、現場を見た権藤たちは毒殺の可能性を指摘する。さらに希一は、夕食に毒物を仕込めるのは膳を運ぶお実乃しかおらず、毒殺は非力な女性が男を殺す時によく使われるという。犯人の疑いをかけられたお実乃は、無実を証明するため事件を調べることになる。

ミステリには、一つの事件を複数の探偵が推理する多重解決というジャンルがある。お実乃が、希一の推理を否定するため、老母の死と仇討ちの浪人の死は連続殺人か否か、特定の人物を狙ったのか無差別殺人か、毒が入れられたのは夕食か別の飲食物か、毒を入れることができたのは誰かなど様々な推理をめぐらせ、それに二三郎らも参戦する本書も多重解決ものとなっている。多重解決ミステリには中井英夫『虚無への供物』などの名作があり、特に二〇一〇年代以降は、円居挽『丸太町ルヴォワール』、深水黎一郎『ミステリー・アリーナ』、城平京『虚構推理』、井上真偽『その可能性はすでに考えた』などの傑作が矢継ぎ早に刊行されブームになっており、単行本が二〇一九年に刊行された本書は、その一翼を担う時代ミステリなのである。

　事件の根幹に置かれているのは、同じ調理場で作られた夕食を食べたのに死んだ者と死なかった者がいるのはなぜかという謎だが、これは同じチョコレートを食べた妻が死に、夫は一命を取り留めた事件をめぐり六人の探偵役が解決を競う多重解決ものの古典であるアントニイ・バークリー『毒入りチョコレート事件』を彷彿させる。

　雷屋が秘密の旅籠を営んでいる事実は広く知られておらず、ごく普通の老母や浪人を殺すため外部から人が侵入するとは考え難いので、謎解きを進めるお実乃は疑惑の目を雷屋の人たちに向けてしまう。折りしも、外国人の命を狙う攘夷派の動きが活発化し、街道筋の宿検めが頻繁に行われるようになったこともあり、仁八は雷屋の旅籠業を止めることを考え、旅籠専従の従業員であるお実乃に暇を出すと告げる。雷屋に残りたいお実乃は、末五郎に口添えを頼むが、末五郎は毒殺事件を調査しているお実乃が店の人間を疑ったことを知っており、「疑いは人を傷つける。信用できない人に囲まれて働くのは、おまえも骨が折れるだろう」といって、突き放すのである。

ここで浮かび上がるのは、ミステリの探偵に求められる倫理の問題である。そもそも素人探偵に過ぎないお実乃には、事件を捜査する権限がない。それなのにお実乃は事件に首を突っ込み、関係者から秘密を聞き出したり、犯人でない人を犯人と名指しして傷つけたりすることも珍しくなかった。幸いにもお実乃は大丈夫だったが、探偵が事件を解決できず被害者を増やしたり、別人を捕まえて真犯人を逃すという決定的なミスに繋がる危険性もあったのだ。夏目漱石（なつめそうせき）は探偵が嫌いで、『吾輩は猫である』の苦沙弥（くしゃみ）先生に「不用意の際に人の懐中を抜くのがスリで、不用意の際に人の胸中を釣るのが探偵だ。知らぬ間に雨戸をはずして人の所有品を偸（ぬす）むのが泥棒で、知らぬ間に口を滑らして人の心を読むのが探偵だ。ダンビラを畳の上へ刺して無理に人の金銭を着服するのが強盗で、おどし文句をいやに並べて人の意志を強うるのが探偵だ。だから探偵と云う奴はスリ、泥棒、強盗の一族でとうてい人の風上に置けるものではない」といわせている。末五郎も、こうした探偵的な行為が否応なく持ってしまう非倫理的な側面を指摘したといえるだろう。

お実乃のように不審死に直面し、その事件の調査を現実に経験することはないが、噂話の真偽を確かめたり、噂を流した人を探したりする軽い調査は行ったことがある人もいるのではないか。大きな事件や不祥事の関係者が匿名で報じられると、ネットを駆使して当該人物が誰かを探すいわゆる特定班が話題になるが、これらも広い意味では探偵的な行為である。探偵になったお実乃に突き付けられる厳しい現実は、身の回りの調査で人間関係を壊したり、特定班が間違った情報を流し大きな代償を払ったりしていることを思えば、現代とリンクするテーマといえるのである。

ただお実乃の探偵としての活躍は、ネガティブな要素だけではない。お実乃の姉は美人で、一流の料理屋で奉公していた時に大店の若旦那と恋仲になるも、妊娠した途端に子おろしの薬を飲まされ捨てられた過去があった。しかも世間は若旦那の肩を持ち、姉は父親の分からない子を妊娠し、若旦那を強請(ゆす)ったとの悪評を流されてしまう。周りに流されたから姉が不幸になったと考えるお実乃にとって、探偵的な行為は自分の力で人生を切り開く活力になっているのだ。両親が美しい姉だけを可愛がり、美人揃いの茶汲み女に見下されるなどお実乃は容姿にコンプレックスを持っているが、等身大の存在だからこそ、ルッキズム（外見至上主義）への批判や、女性に生きづらさを強いる社会構造といった普遍的な問題にも切り込んでおり、社会派推理小説としても秀逸だ。

文武を奨励した寛政の改革を皮肉った恋川春町(こいかわはるまち)の黄表紙『鸚鵡返文武二道(おうむがえしぶんぶのふたみち)』には、武術に励む武士たちが、馬術名人の小栗判官(おぐりはんがん)が「鬼鹿毛(おにかげ)の馬」に乗っているのを「かげ馬」と聞き間違い、「かげま」に乗って馬術の訓練をする場面がある。江戸の戯作(げさく)には聞き間違いで物語を動かすパターンがあるが、本書も戯作の伝統を巧みに取り入れてミスディレクションを仕掛けており、周到な伏線を回収して意外な真相を明らかにしていく終盤は圧巻である。

そして挫折しながらも懸命に事件を調べたお実乃には、海外に開かれた港町らしい救済が用意されている。逆境にあっても常に前向きに生き、人を疑うのではなく信じる大切さを学んだお実乃が最後に報われる展開は、真っ当な生活を送るごく普通の人が幸せになって欲しいという願いが込められているように思えてならない。

〈参考資料〉
「開港150周年記念　横浜　歴史と文化」
財団法人横浜市ふるさと歴史財団編　高村直助監修　有隣堂
「カラー版徹底図解　東海道五十三次　庶民も歩いた江戸時代の旅路」
かみゆ歴史編集部編著　新星出版社
「日記が語る19世紀の横浜　関口日記と堤家文書」
横浜開港資料館・横浜近世史研究会編　山川出版社
「幕末バトル・ロワイヤル　井伊直弼の首」　野口武彦著　新潮新書
「幕末バトル・ロワイヤル　天誅と新選組」　野口武彦著　新潮新書

※この作品は、幕末の神奈川宿を主な舞台としています。本文中に「女郎」「女中」「飯盛り女」など、主に女性の職業や身分に関して、今日の観点からすると不快・不適切とされる呼称や表現が使用されています。しかしながら編集部では、本作の根幹となる物語の設定、および時代背景を考慮した上で、これらの表現についてもそのままとしました。もとより差別の助長を意図するものではないことを、ご理解ください（編集部）。

二〇一九年八月　光文社刊

光文社文庫

神奈川宿 雷屋（かながわしゅく いかずちや）

著者　中島　要（なかじま かなめ）

2022年8月20日　初版1刷発行

発行者　鈴木広和
印刷　新藤慶昌堂
製本　フォーネット社

発行所　株式会社　光文社
〒112-8011　東京都文京区音羽1-16-6
電話　(03)5395-8149　編集部
8116　書籍販売部
8125　業務部

ISBN978-4-334-79404-0　Printed in Japan

組版　萩原印刷